Natalie Tielcke

Mordsmäuschenstill

Über die Autorin

Natalie Tielcke wurde 1986 in Aachen geboren. Nach dem Abitur zog es die kreative Frohnatur zum Fernsehen und dort findet man sie noch heute. Sie schreibt Drehbücher und entwickelt TV-Serien. Die Kölnerin ist schon seit ihrer Kindheit davon begeistert, wenn nicht sogar besessen, sich Geschichten auszudenken. Ohne Stift und Papier geht sie nicht aus dem Haus.

Natalie Tielcke

MORDS MÄUSCHEN STILL

beTHRILLED

Vollständige ePub-to-Print-Ausgabe des in der Bastei Lübbe AG
erschienenen eBooks »Mordsmäuschenstill« von Natalie Tielcke

beTHRILLED by Bastei Entertainment in der Bastei Lübbe AG

Textredaktion: Charlotte Inden
Lektorat/Projektmanagement: Anna-Lena Meyhöfer
Covergestaltung: FAVORITBUERO, München unter Verwendung von
Motiven von: © Shutterstock: STEVEN CHIANG |imagedb.com |
Ensuper | TomZa | Zonda | Afone4ka | Javier Brosch | Impact
Photography | Macrovector
Satz: 3w+p GmbH, Ochsenfurt
Druck: Books on Demand GmbH, Norderstedt

ISBN 978-3-7413-0073-8

www.be-ebooks.de
www.lesejury.de

Prolog

Es war ein Abend wie jeder andere auch. Eigentlich. Und eine Fahrt wie jede andere auch. Eigentlich. In eine schicke Gegend. Eine Frau abholen. Sie irgendwohin fahren. Kein Problem. Eigentlich. Machte er gerne. Klar war Taxifahrer nicht sein Traumjob. Er hatte Meeresbiologe werden wollen. Oder Popstar. Aber trotzdem hatte er ein gutes Leben. Ein sehr gutes Leben. Eine liebe Frau, tolle Kinder, nette Freunde, ein Dach über dem Kopf, der Familie ging es gut. Und dafür arbeitete er gern. Das ließ ihn ruhig schlafen.

Warum also musste dieser Penner ihm ausgerechnet heute Abend eine Waffe ins Gesicht halten?

1. Hanna

Ich stand unter der Dusche, ließ das warme Wasser meinen Körper entlanglaufen und spülte all die Probleme der anderen Menschen den Abfluss hinunter. Ihre ganzen Sorgen und Ängste konnte ich wieder abwaschen. Nur von meinen eigenen Problemen konnte ich mich nicht reinwaschen.

Und da war es wieder. Ich hatte es vor wenigen Minuten schon einmal verspürt. Dieses unerklärliche Gefühl, etwas vergessen zu haben. Es war nur eine Intuition, keine Gewissheit, aber es plagte einen trotzdem. Hatte man überhaupt etwas vergessen? Und wenn ja, was? Ich fragte mich, woher dieses Gefühl kam. Vielleicht war mein Gehirn einfach gerade zu müde, um den Gedanken laut zu denken, und schickte mir bloß dieses besorgniserregende Grummeln in der Magenregion, das mich an etwas erinnern sollte. Das mich dazu aufforderte, noch an etwas denken zu müssen. Aber an was?

Ich überlegte gerade, ob ich vorhin die Terrassentür wieder geschlossen hatte, als ich frisch geduscht aus dem Bad kam und über mir im Spiegel einen Golfschläger aufblitzen sah, der auf meinen Hinterkopf zuschnellte. Erst spürte ich ein heftiges Stechen, genau da, wo ich sonst den Kamm ansetze, um meinen Scheitel gerade zu ziehen. Dann folgte ein lähmender, schmerzender Druck, der sich vom Kopf aus über den ganzen Körper ausbreitete. Ich ging zu Boden. Das Letzte, das ich sah, war ein Rinnsal Blut, das sich zwischen den Fugen der Fliesen entlangschlängelte. Und dann war alles schwarz.

Wenig später fand ich mich an derselben Stelle wieder. Allerdings sah ich mich selbst vor mir in einer Blutlache liegen. Den Körper nur mit einem darum gewickelten Handtuch bedeckt, die Haare immer noch nass, lag ich zusammengesackt auf dem Boden im Flur vor dem Badezimmer. Und ich war tot. Zumindest sah es stark danach aus.

Verdammte Scheiße! Dann hatte ich wohl tatsächlich vergessen, die Tür zum Garten zu schließen.

2. Nele

Nele war wütend. Das kam äußerst selten vor. Aber wenn sie wütend wurde, dann richtig. Und heute war sie bereit, jemandem den Kopf abzureißen. Einfach so.

Sie fühlte sich, als hätte sie die Kraft dazu, genau wie der Hulk. Sie würde Hannas Kopf nehmen und ihn zerquetschen. Wieso hatte sie ihr die ganze Zeit etwas vorgemacht? Verlogenes Drecksstück! Das war so unfair! Heute würde Nele sie zur Rede stellen.

Nele war schon auf dem Weg zu Hannas Praxis, es war auch egal, dass sie heute keinen Termin hatte. Sie musste mit ihr reden – sofort! Sie hatten sich bis hierhin so gut verstanden, damit war jetzt Schluss. Wenn sie nicht Neles Therapeutin gewesen wäre, vielleicht wären sie dann richtig gute Freundinnen geworden. Aber in diesem Fall wollte sie Hanna, nachdem sie ihr den Kopf abgerissen hatte, nie wieder sehen.

Auch wenn Hanna ihr geholfen hatte. Ein wenig zumindest. Neles Schlafwandelattacken kamen immer seltener vor. Es war letztes Jahr wieder richtig schlimm geworden, als ihr Verlobter sie verlassen hatte. Und Hanna war die erste Therapeutin gewesen, der sie sich richtig anvertrauen konnte. Bei Nele handelte es sich nicht um eine normale Form des Schlafwandelns. Sie litt gleich unter mehreren Schlafverhaltensstörungen.

»Parasomnie«, hörte Nele Hanna sagen.

Das Schlimmste war das Sexschlafwandeln. Oder auch Sexsomnia, wie Hanna es fachlich nannte. In den meisten Fällen stöhnten und masturbierten die Betroffenen, während sie schliefen, oder sie befummelten ihren

Partner. Aber Nele lebte ihre Träume aktiv aus. Sie stand auf, zog sich sexy Wäsche an, schminkte sich, föhnte sich die Haare und stiefelte beispielsweise los, um ihren Nachbarn zu verführen. Auch dass sie sich selbst einschloss, brachte nichts. Ihr nächtliches Ich war nämlich äußerst intelligent und schaffte es immer wieder, sich zu befreien. Nele hatte sich sogar schon selbst ans Bett gefesselt, nichts half. Sich selbst – oder auch sein schlafendes Selbst – zu überlisten war anscheinend unmöglich.

Für gewöhnlich erinnerte Nele sich nach dem Aufwachen nicht mehr daran, was sie nachts getan hatte. Meist bemerkte sie es nur dann, wenn sie an einem anderen Ort wach wurde. In der Straßenbahn, einer fremden Wohnung, im Treppenhaus, in einem Hotel oder aber – dieses Highlight konnte sie seit letzter Woche dazu zählen – auf einem Friedhof. Sie hatte Angst vor der Person, die sie war, wenn sie schlief. Sie war unberechenbar. Dabei hatte Nele sich im Wachzustand immer bestens unter Kontrolle. Na ja, nicht immer, aber meistens.

Hanna hatte sich bei der Behandlung hauptsächlich auf ihre anderen Schlafstörungen, wie das Schlafwandeln an sich, konzentriert und war der Meinung, dass damit auch die Sexsomnia verschwinden würde. Sie hatte Nele erklärt, dass ihr wahres Ich nichts mit ihrem schlafenden Ich gemein hatte, aber wo kam das Ganze dann her?

Als Nele an Hannas Praxis ankam, die in einer abgelegenen Einkaufspassage lag, stand eine junge Frau davor und weinte. Sie kam ihr bekannt vor. Hatte Nele sie schon mal in Hannas Praxis gesehen? Sie glaubte schon, vermutlich war die andere Frau auch eine Patientin. Aber warum stand sie hier rum und heulte? Egal! Nele hatte gerade bestimmt keine Lust, Mutter Teresa zu spielen.

Stattdessen holte sie noch etwas mehr Wut hervor, indem sie sich in Erinnerung rief, wie schön diese Einkaufsmeile in ihrer Kindheit ausgesehen hatte. Doch seit vor einigen Jahren nur knapp einen Kilometer entfernt ein großes Einkaufszentrum im amerikanischen Stil eröffnet hatte, verkümmerten die kleinen Lädchen auf der früher noch mit prachtvollen Kirschbäumen geschmückten Allee. Heute standen hier Mülltonnen. Mülltonnen! Dort wo früher wunderschön blühende Bäume gestanden hatten. Unfassbar.

Die Praxis befand sich zwar im Erdgeschoss eines Bürogebäudes, hatte aber einen eigenen Eingang. Nele versuchte mit ihren neu erworbenen Hulk-Superkräften die Tür aufzustoßen, doch sie war abgeschlossen. Die weinende Frau sah Nele an, zog die Nase hoch, schluckte den Rotz herunter und schniefte.

»Keiner da. Es ist bestimmt was ganz, ganz Schlimmes passiert!«

Sie klang wie ein kleines Mädchen, das alleine zu Hause war und seine Eltern nicht erreichte, während draußen ein Orkan tobte.

Wohl keine Optimistin, die Kleine, dachte Nele. »Warum denn gleich was ganz, ganz Schlimmes?«

»Weil Hanna immer zuverlässig ist. Sie ist immer da. Immer pünktlich! Ich hab es auch schon hundert Mal auf ihrem Handy versucht. Da geht auch keiner ran!« *Schnief, rotz, schluck.* Die junge Frau zog die Nase hoch wie ein ungehobelter Bauarbeiter, was überhaupt nicht zu ihrer zierlichen Statur passte.

»Du hast ihre Handynummer?«

»Ja klar, für Notfälle. Ich bin übrigens Jenny.«

Nele war irritiert. Notfälle? Auf sie wirkte diese Jenny eher so, als wäre sie der Notfall. Nele gab ihr die Hand und stellte sich vor. Es war kaum ein Händedruck spürbar, fühlte sich eher so an, als würde man einen Lappen in die Hand gelegt bekommen.

Jenny war klein und zierlich, hatte strohiges aschblondes Haar bis zu den Schultern und schmale Lippen. Sie trug eine bronzefarbene elegante, schlichte Brille. Ihre Augen hatten eigentlich einen schönen Blaugrünton, doch dass sie vom vielen Weinen rot unterlaufen waren, fiel wesentlich mehr auf als ihre Augenfarbe selbst. Nele schätzte, dass Jenny jünger wirkte, als sie war. Sie kam rüber wie ein nervöser, aufgewühlter Teenager, war aber wahrscheinlich schon Anfang oder Mitte zwanzig. Auf jeden Fall war sie um einiges jünger als Nele, die mitten in ihren Dreißigern steckte.

»Was sollen wir denn jetzt tun?« Jenny schien heilfroh darüber zu sein, jemanden gefunden zu haben, mit dem sie ihre Sorgen teilen konnte.

Nur dass Nele die Therapeutin aus einem anderen Grund sehen wollte. Sie brauchte keine Hilfe von ihr, nicht mehr. Nicht nach dem, was Hanna getan hatte. »Warten, bis sie auftaucht.« Nele fingerte in ihrer braunen Lederhandtasche nach der Zigarettenschachtel, die sie am Vorabend im Kiosk gekauft hatte.

»Aber ich warte schon seit über zwei Stunden!«

Puh, die hat ja einen langen Atem. »Du scheinst echt ein geduldiger Mensch zu sein.« Nele steckte sich eine Zigarette an. Sie hatte gestern wieder angefangen zu rauchen. Gestern, etwa zehn Minuten, nachdem sie von Hannas Verrat erfahren hatte. Sie wollte Hanna zur Rede stellen. Jetzt! Wo war sie?

»Du rauchst? Weißt du denn nicht, wie gefährlich das ist?« Jenny schien ernsthaft schockiert zu sein. Sie sah Nele an, als würde sie sich gerade mitten auf der Straße einen Schuss setzen.

»Das ist eine rhetorische Frage, oder?«

»Nee. Ernsthaft jetzt. Das tötet dich. Das weißt du doch, oder?«

Nele sah auf die Zigarettenpackung, die neuerdings verstörende Fotos zeigte, die mit Sicherheit keinen Raucher abschreckten, und versuchte einen Scherz. »Du hast recht! Da steht ja sogar ein Warnhinweis auf der Schachtel.«

»Siehst du!«

Diese Frau hatte einen Sinn für Humor, der meilenweit von Neles entfernt lag. Wenn sie überhaupt einen hatte. Jenny antwortete so ernst, als ob die Möglichkeit bestünde, dass Nele tatsächlich noch nie davon gehört hatte, dass Rauchen gesundheitsschädigend war. Nele beantwortete den naiven Kommentar mit einem gleichgültigen Schulterzucken und einem schiefen Lächeln. Dann hielt sie Jenny die Packung hin und bot ihr eine Kippe an.

»Beruhigt die Nerven.«

»Nein danke.« Jenny atmete dreimal hintereinander tief und laut durch. Nele äffte sie nach, allerdings inhalierte sie dabei den Qualm ihrer Zigarette. Jenny sah sie kopfschüttelnd an und wedelte den Rauch weg, der in ihre Richtung waberte. »Wir müssen was machen. Lass uns die Polizei rufen.«

»Moment mal. Wir? Uns? Also, mach gern, was du willst. Aber ich schlag hier jetzt keinen Alarm, nur weil die nicht da ist.«

Nele hatte den Eindruck, dass Jenny ihr gar nicht richtig zuhörte. Sie plapperte einfach weiter: »Oder ins Krankenhaus könnten wir auch fahren. Ja, da hab ich auch noch nicht angerufen. Gute Idee. Ich ruf erst im Krankenhaus an, und wenn die nichts wissen, bei der Polizei.« Jenny schob ihren eigenen Film. Aufgeregt griff sie zum Handy, sodass es ihr beinahe runterfiel, und ließ sich von der Auskunft mit dem Krankenhaus verbinden. Während es läutete, nahm Jenny Neles Hand. Sie drückte plötzlich so fest zu, dass Nele keine Chance hatte, ihre Hand aus dem Griff zu lösen.

Steckt also doch was in dir, dachte Nele, trotz des laschen Händedrucks. Nur entsprang Jennys plötzliche Kraft aus Angst und nicht aus Stärke. Warum sie wohl bei Hanna in Therapie war?

3. Sascha

Sascha sah, wie die schöne Frau mit den langen dunkelbraunen, lockigen Haaren die Zigarette austrat und die kleine Unscheinbare ganz aufgeregt telefonierte und dabei die Hand der anderen hielt. Die beiden bemerkten ihn nicht, und das war auch gut so. Er saß einige Meter abseits, versteckt auf einer Bank hinter einer Mülltonne. Hier hat bestimmt mal ein Baum gestanden, dachte er. Sascha hatte die Kapuze seines Pullis über den Kopf gezogen und trug zusätzlich eine rote Kappe, deren Schirm darunter hervorlugte.

Warum war Hanna heute noch nicht aufgetaucht? Sie war sonst immer pünktlich, und nun wartete er schon über drei Stunden auf sie. Die flachbrüstige Blonde war ungefähr eine Stunde nach ihm hier aufgetaucht und seitdem panisch auf und ab gerannt. Bis die Hübsche aufgetaucht war. Und die war echt granatenmäßig hot. Auch wenn sie wesentlich älter war als Sascha, bestimmt schon über dreißig. Aber vielleicht stand sie ja auf junge Kerle. Die Kleine ohne Titten redete ununterbrochen auf die Granate ein.

Die zwei waren vermutlich Patientinnen von Hanna. Und trotzdem hatte Sascha das Gefühl, Hanna besser zu kennen. Obwohl sie sich noch nie unterhalten hatten. Er war ihr näher gewesen als diese beiden Frauen. Zumindest in den letzten Wochen. Was die zwei wohl zu Hanna geführt hatte? Die Zierliche wirkte scheu und unsicher, als wäre sie von Ängsten zerfressen. Sascha tippte auf Albträume. Sie sah aus, als bekäme sie nur wenig Schlaf. Blass, müde, unterlaufene Augen. Und dass Sascha das sogar aus dieser Entfernung beurteilen konnte, sprach für sich.

Plötzlich näherte sich den beiden Frauen ein glatzköpfiger, muskulöser Mann, der trotz herbstlicher Temperaturen nur ein T-Shirt trug. Seine Unterarme waren tätowiert. Er stapfte mit bedrohlich erhobener Hand auf die Frauen zu und brüllte die kleine Blonde an. Die andere stellte sich vor sie und schrie zurück.

Mutig, dachte Sascha, denn der Kerl sah so aus, als wäre er bereit, jede Sekunde zuzuschlagen. Sascha konnte nicht genau verstehen, was der Tätowierte brüllte, aber fest stand, er war stinksauer.

Die Hübsche stand weiterhin schützend vor der Kleinen. Natürlich hätte auch Sascha einschreiten können, aber er hatte keinen Bock auf Prügel. Und wenn Sascha sich irgendwo einmischte, endete es immer so, dass einer was auf die Fresse bekam. Meist er selbst. Trotzdem blieb er sitzen, bis der Glatzkopf abgezogen war. So viel Gentleman steckte dann doch in ihm.

Die Kleine fing an zu heulen, sobald der Kerl weg war. Die Vollbusige nahm sie mütterlich in den Arm und beruhigte sie. Die beiden unterhielten sich, und die Ängstliche schien irgendwohin zu wollen. Der Hübschen blieb wohl keine andere Wahl, als sie zu begleiten. Auch wenn sie nicht gerade glücklich darüber aussah, ging sie mit der Heulboje mit.

Die zwei liefen an Sascha vorbei. Die Kleine schenkte ihm nur einen kurzen Blick. Aber die sexy Schnecke sah zweimal hin. Sascha drehte den Kopf weg und wartete, bis sie außer Sichtweite waren. Dann stand er auf und machte sich auf den Weg.

4. Hanna

Fragte sich nicht jeder Mensch diese eine Sache? Jeder formulierte es vielleicht etwas anders, aber jeder wollte am Ende wissen: Was, zur Hölle, ist der Sinn des Lebens?

Und dabei war es doch eigentlich total logisch: Überleben.

So simpel, so klar. Mehr war es nicht. Wir sollten überleben, und damit war es geschafft. Sich vermehren, um nicht auszusterben, wäre dann konsequenterweise auch noch eine ganz gute Idee. Aber das war's. Warum sollte es bei uns anders laufen als im Tierreich?

Ich war also im Krankenhaus und musste mich mit dem Gedanken abfinden, nicht mehr in meinen Körper zurückzukehren. Zumindest sagte das der Arzt, der soeben neben mein Bett getreten war, meine Eltern und meinen Freund im Schlepptau. Er erklärte mich für so gut wie tot.

Meine Mutter begann zu weinen, mein Vater unterdrückte seine Tränen, fuhr sich pausenlos mit der Hand über die Augenbrauen und schluckte. Ich sah Michael, der versuchte, meine Mutter zu trösten, meinen Vater, der ihn von ihr wegschob, weil er ihn noch nie gemocht hatte.

Der Arzt erläuterte trocken, was meine Patientenverfügung besagt: Bei einem Hirntod werden die Geräte nach einem Monat abgestellt. Das hatte ich so veranlasst. Ich wollte es niemandem antun, in so einem Fall eine derartige Entscheidung treffen zu müssen.

Bald wäre ich siebenunddreißig geworden, aber ich habe es nicht geschafft zu überleben. Dabei war das doch der einzige Sinn des Lebens. Oder?

Noch dreißig Tage also. Ab jetzt.

5. Sascha

Sascha wollte bei Hanna zu Hause nachsehen, und wenn sie nicht dort war, würde er bei ihrem Macker vorbeischauen. Sascha konnte den schmierigen Kerl nicht ab. Falsches Lächeln, mit Gel zurückgeklatschte Haare, gemachte Zähne und einen Stock im Arsch. Er fuhr 'ne geile Karre, okay, das war aber auch schon alles, was er an dem Typ bewundernswert fand.

Sascha war fast angekommen.

Hanna lebte nur einige Straßen entfernt von ihrer Praxis, also ging Sascha zu Fuß. Er hasste den Bus und die Bahn. Er war noch nicht lange in der Stadt, erst seitdem er Hanna ausfindig gemacht hatte, aber er fand sich überall schnell zurecht. Außerdem hatte er als Kind schon mal für ein paar Monate hier gelebt. Er war sich nicht mehr sicher, bei welcher Familie. Waren es die steifen, strengen Schmidts gewesen oder doch die irre Künstlerfamilie, die keine Türen hatte? Nicht mal im Bad! Sascha erinnerte sich nicht mehr genau daran, dafür hatte er zu oft die Familie gewechselt. Vielleicht waren es auch die hochpädagogischen "Man-kann-über-alles-reden"-Lehrerpflegeeltern gewesen, die Sascha nach einer Woche wieder rausgeschmissen hatten. Er hatte damals seine Pyromanen-Phase gehabt, und das war nicht besonders gut angekommen. Vor allem, da er ihr komplettes Haus abgefackelt hatte. Aber wirklich aus Versehen! Damals war er zehn oder elf Jahre alt gewesen.

Er war noch durch diverse Pflegefamilien gehüpft, doch keiner wollte ihn. Am Ende war er in einer Einrich-

tung für betreutes Wohnen von schwer Erziehbaren voll-
jährig geworden. Ohne Familie und ohne richtige Freunde. Ein richtiges Zuhause kannte er nicht, auch wenn er
eine grobe Vorstellung davon hatte. Seit knapp einem Jahr
lebte er mal hier, mal da. Er war ein Überlebenskünstler,
und dieses Talent konnte ihm keiner nehmen.

Noch war es dem Hotel, in dem Sascha eingecheckt
hatte, nicht aufgefallen, dass er das mit einer geklauten
Kreditkarte getan hatte. Und da der Heini, dem er sie ent-
wendet hatte, bestimmt fünfzig von den Dingern besaß,
würde es bestimmt noch eine Weile dauern, bis er es
checkte und die Karte sperren ließ. Und bis dahin konnte
Sascha relaxen und es sich gut gehen lassen.

Schon als er in Hannas Straße einbog, bemerkte Sascha
die Polizeiautos, die direkt vor ihrem Haus parkten. Hanna wohnte allein in einem kleinen gelben Reihenhaus mit
bodentiefen Fenstern. Die Gegend war perfekt für Kinder.
Es gab Schulen, Spielplätze und jede Menge verkehrsberu-
higte Zonen. Mehrere Beamte tummelten sich vor der offen stehenden Haustür. Saschas Herz schlug augenblicklich schneller. Hanna durfte nichts passiert sein. Bitte nicht.

Er schlenderte möglichst unauffällig an Hannas Haus
vorbei, aber die Beamten sahen ihn direkt an und fingen
an zu tuscheln. Sascha musste rausbekommen, was hier
passiert war und ob es Hanna gut ging. Er hatte keine andere Wahl, als zu fragen. Also nutzte er den Augenkon-
takt, den einer der Polizisten zu ihm aufnahm, und ging
direkt auf ihn zu.

»Hallo, ich wohne nur ein paar Häuser weiter. Was ist
denn hier passiert?«

»Kennen Sie Frau Felder?«, erkundigte sich der bier-
bäuchige Beamte.

»Wie das halt so ist unter Nachbarn. Man sagt Hallo,
macht ein bisschen Smalltalk. Ist ihr was passiert?« Sascha

war schon immer ein Meister gewesen, wenn es darum ging, zu lügen. Er überlegte immer wieder, Schauspieler zu werden.

»Sie wurde letzte Nacht angegriffen, ja. Sie wurde ins Krankenhaus gebracht. Sieht wohl nicht gut aus.«

»Heißt?«

»Mehr darf ich dazu nicht sagen. Ist Ihnen eventuell diese Nacht etwas Merkwürdiges aufgefallen?«

Sascha verneinte. Er hätte dem Polizisten am liebsten aufs Maul gehauen. *Danke du Pisser! Erst anfixen und dann die Fresse halten. Arschloch!* Er musste wissen, wie es Hanna ging.

Sascha versuchte, einen Blick ins Haus zu werfen. Er sah einen sportlichen dunkelhaarigen Mann mit Dreitagebart in ziviler Kleidung. Er trug eine verschlissene Jeans und ein nicht gebügeltes kariertes Hemd. Es sah aus, als hätte er das Sagen. Dann versperrte Sascha ein anderer Polizist die Sicht.

»Hey, was wollen Sie hier?«

»Nichts. Bin schon weg.«

Sascha wollte gerade abhauen, da trat der Mann mit dem zerknitterten Hemd aus der Tür. Er hatte volles Haar, obwohl er bestimmt doppelt so alt war wie Sascha. Der Mann ging auf die vierzig zu, und Sascha war etwas neidisch, weil er selbst leider schon immer sehr dünnes Haar gehabt hatte. Und es keine Chance gab, sie irgendwie cool zu stylen. Mit Gel sah es einfach nur nass und fettig aus; ließ er sein Haar wachsen, wirkte er wie ein ungepflegter Penner. Und war es kurz, hätte man denken können, er hätte soeben eine Chemotherapie hinter sich gebracht. Er fand seine Haare zum Kotzen, weshalb er eigentlich immer eine Mütze oder Kappe trug.

Der Mann im Karohemd entdeckte ihn. Im Gegensatz zu seinen Kollegen nahm er Sascha wohl direkt als einen

Verdächtigen ins Visier. Er kam näher. Sascha konnte sich keinen Ärger mit den Bullen leisten. Also drehte er sich weg, machte ein paar Schritte Richtung Straße und setzte ein versöhnliches Lächeln auf. »Bin schon weg.«

Der Polizist im Karohemd machte zwei große, schnelle Schritte auf ihn zu und packte Sascha am Arm. »Schön hier geblieben.«

6. Phil

Phil ließ den Arm des Jungen mit der roten Kappe wieder los. Am liebsten hätte er den Vogel geduzt, der hier an seinem Tatort rumschlich. »Was wollen Sie hier?«

»Ich wollte nur fragen, was hier los ist.«

Der Kleine wollte ihn doch verarschen. Obwohl er nicht klein war. Aber jung. Vielleicht so achtzehn, neunzehn. »Und Sie sind?«

»Aus der Nachbarschaft.«

»Name? Adresse?« Phil traute ihm nicht, und mit seinem Bauchgefühl lag er fast immer richtig. Der Junge log.

»Ich wohne direkt da vorne. Bin schon weg.«

»Könnte ich wohl mal deinen Ausweis sehen.« Scheiße! Jetzt war ihm also doch ein Du rausgerutscht. Der Junge fing an, in seinen Hosentaschen zu kramen.

»Kennst du die Frau, die hier wohnt?« Phil dachte an das Sprichwort, dass Täter immer zum Ort des Verbrechens zurückkehren. Aber warum hätte dieser junge Kerl der Therapeutin Hanna Felder etwas antun sollen? Andererseits, warum nicht? Phil war kurz abgelenkt, als er einen Kollegen seinen Namen rufen hörte. Und der kleine Bastard nutzte den Moment seiner Unachtsamkeit sofort aus: Er rannte plötzlich los. Damit hatte er sich innerhalb einer Sekunde zu einem Verdächtigen gemacht.

Phil sprintete ihm nach, ebenso zwei seiner Kollegen, aber der Typ war verdammt flink. Er hüpfte über Motorhauben und Gartenzäune. In der Zeit, in der Phil einen Schritt schaffte, machte er zwei. Der Junge hatte echt verdammt lange Beine. Er war um eine Ecke gebogen, und als Phil sie erreichte, war der Junge nicht mehr zu sehen.

»Verfluchter Mistkerl! Dich krieg ich noch!«, keuchte Phil und blieb stehen. Seine Kollegen gaben per Funk eine Fahndung raus: Männlich, circa einen Meter fünfundneunzig groß, trägt rote Kappe und blauen Kapuzenpulli, Jeans, weiße Turnschuhe. Alter schätzungsweise zwischen achtzehn und zwanzig.

Phil ging zurück zum Haus und sah Steffen, seinen neuen Kollegen, auf sich zukommen. Er hatte ein langes stählernes Ding in der Hand. Es war ein Golfschläger.

»Hey Phil. Den hab ich gerade im Gebüsch vier Häuser weiter entdeckt. Ist Blut dran.« Steffen präsentierte ihm stolz den Kopf des Schlägers. »Soll ich das in die Kriminaltechnik bringen lassen, damit die Jungs den Schläger auf Fingerabdrücke untersuchen können? Und gucken, ob das Blut von dem Opfer stammt?«

»Spurensicherung ist noch vor Ort. Gib ihnen das Teil einfach mit.«

»Mach ich, Chef. Gut, wa? Wenn das die Tatwaffe ist, dann haben wir den Fall bestimmt bald gelöst.«

Steffen wollte gelobt werden, wie immer. Selbst dafür, dass er täglich den Weg zum Büro alleine fand, hätte er wahrscheinlich gerne eine Urkunde bekommen.

»Ja, ja. Glückwunsch. Du verdienst einen Orden.«

Sein Kollege grinste und verstand den Sarkasmus eindeutig nicht. Phil konnte diesen Klugscheißer nicht ab. Egal, was er tat, Steffen musste immer alles kommentieren und wie in der Sendung mit der Maus erklären. Und er erzählte einem ständig Dinge, die man entweder längst wusste oder gar nicht wissen wollte. Er hatte diesen Steffen jetzt seit knapp zwei Wochen an der Backe, und Phil hatte versucht, seine Grenzen auszutesten, um auszuloten, woran er bei Steffen war. Er wollte wissen, mit wem er es zu tun hatte. Und rauszubekommen, was jemanden auf die Palme brachte, half da oft weiter. Erst war es ein kumpelhaftes Verarschen und Aufziehen gewesen, so wie es unter Männern oft üblich war. Er gab ihm Frauennamen, hatte ihn alle Laufarbeiten und unnötigen Papierkram erledigen lassen. Dann war er aufs Ganze gegangen, hatte ihm jegliche Böswilligkeiten an den Kopf geschmissen, ihn beleidigt, fast schon gequält. Aber Steffen war immer noch da, grinste sich von morgens bis abends einen ab, trank pro Tag mindestens fünf Energydrinks und war einfach nicht kleinzukriegen. Hieß: Phil hasste ihn, fand ihn aber trotzdem gut. Steffen ging ihm wirklich auf den Sack, doch er war engagiert und machte einen guten Job. Nur kaum versuchte Phil Sympathien für Steffen in sich zu wecken, legte der wieder los.

»Ich kenn mich da übrigens etwas aus. Mein Onkel spielt Golf, weißt du? Recht erfolgreich sogar. Arbeitet gerade an seinem Handicap. Er strebt eins von vier an, soweit ich weiß. Oder warte, sein Handicap ist vier, und er will ein dreier. So war es, glaub ich.«

»Er will einen Dreier? Tja, wer will das nicht?« Phil erinnerte sich an seinen letzten und bisher einzigen Dreier, der schon viele Jahre zurücklag. Er war Anfang zwanzig und mit der Situation total überfordert gewesen. Eigentlich hatten die Mädels sich auch mehr miteinander vergnügt als mit ihm. Trotzdem hatte er sich danach unbesiegbar gefühlt und seinen Kumpels alles erzählt. Er hatte richtig damit rumgeprahlt. Albern, aus heutiger Sicht. Jetzt, da die ersten grauen Haare kamen, bevorzugte er es, ein Gentleman zu sein und zu schweigen.

Schweigen – eine Tugend, die Steffen nicht beherrschte. »Also, drei ist besser als vier beim Golf, so als Handicap. Aber wie man das genau berechnet, habe ich noch nie so ganz kapiert. Du, Phil?«

»Das interessiert mich gerade und im Allgemeinen herzlich wenig. Aber wenn du jetzt nicht auf den Punkt kommst, verpass ich dir gleich ein Handicap. Eins, das nichts mit Golfen zu tun hat. Verstanden?«

»Warum denn so gestresst heute? Hast du schon mal Minigolf gespielt, Phil?«

»Hat das was mit dem Fall zu tun?« Steffen war jemand, der einen ständig beim Namen nannte. Phil hier, Phil dort. Als müsste man daran erinnert werden, wie man hieß. »Ja, Steffen. Sicher. Ich hab schon mal Minigolf gespielt. Warum denn, Steffen? Tut das irgendetwas zur Sache? Steffen?«

Phil hätte seinen Namen auch nach jedem Wort nennen können, sein Kollege ließ sich nicht provozieren. »Ein wenig schon, Phil. Weil es sich bei diesem Exemplar hier um einen Putter handelt. Diesen Schlägertyp benutzt man auch beim Minigolf, aber da sind die natürlich etwas kleiner und nicht so schwer. Putter braucht man beim Golfen immer, weißt du? Damit locht man auf dem Grün den Ball ein, also man puttet ihn ins Loch, verstehst du, Phil?«

Phil stellte sich vor, seinem Kollegen den Golfschläger abzunehmen und ihm damit eins über die Rübe zu ziehen. Aber man spielte nicht mit potenziellen Tatwaffen. Leider. »Und noch mal: Komm auf den Punkt, Steffi.«

»Was ich sagen wollte, das hier ist ein wirklich ganz hochwertiges Teil. Könnte eine Sonderanfertigung sein. Sieht echt edel aus, und es ist sogar was in den Schaft eingraviert: *Für meinen lieben, talentierten Bernhard.* Jetzt müssen wir wohl rauskriegen, wer Bernhard ist. Richtig? Nicht wahr? Phil, jetzt sag doch auch mal was.«

»Dafür müsstest du mal den Mund halten. Ja, wir müssen rauskriegen, wem der Schläger gehört. Wow, Steffi, toll. Eins plus mit Sternchen. Und ich will wissen, wer und wo dieser lang gewachsene Junge ist, der uns gerade entwischt ist. Und jetzt, bitte, halt einfach mal dein Maul. Ich muss nachdenken.«

Steffen lachte laut, was für Phils Empfinden immer total seltsam klang. Es waren ähnliche Laute wie die, die ein Delfin von sich gab. Vielleicht würde er seinem Kollegen auch noch den Spitznamen Flipper verpassen. »Ach Phil, du kannst mir so viele blöde Sprüche drücken, wie du willst. Mich wirst du so schnell nicht wieder los.« Steffen lachte immer noch, als er mit dem Golfschläger zum Tatort ging. Einem kleinen gelben Reihenhäuschen. »Du und deine Späßchen.«

Bei dem Wort Späßchen fiel Phil wieder auf, dass er immer noch nicht wusste, ob Steffen hetero- oder homosexuell war. Beides passte, vielleicht war er auch bi, und im Prinzip interessierte es Phil auch nicht sonderlich. Dann hätte er gefragt. Er war nicht der Typ, der anstandshalber Fragen zurückhielt. Vor allem im Job machte er hartnäckig so lange weiter, bis er alle Antworten hatte.

Phil schlenderte zurück zum Tatort und ging die Fakten durch: Das Opfer war weiblich, sechsunddreißig Jahre alt, arbeitete als Psychotherapeutin, spezialisiert auf Schlafstörungen, und wohnte allein. Jemand hatte ihr eine heftige Kopfverletzung zugefügt, und laut den Ärzten war sie hirntot. Ein Tod auf Raten ist das, dachte Phil. Hanna Felder war tot, aber ihr Organismus wurde künstlich weiter am Leben erhalten. Sie wurde künstlich ernährt und beatmet, würde aber nie mehr aufstehen.

Obwohl es medizinische Wunder gab. Und es auch schon Fälle gegeben hatte, in denen hirntot geglaubte

Patienten wieder aufwachten. Aber das geschah selten, und danach waren diese Menschen meist schwere Pflegefälle. Phil gönnte es Hanna, in Würde abzutreten.

Der Postbote hatte heute Morgen die Polizei alarmiert. Er hatte den bewusstlosen Körper entdeckt, als er durch die – laut seiner Aussage – offen stehende Terrassentür ins Haus geschaut hatte. Er hatte einen Deal mit Hanna Felder, dass er die Pakete im Garten ablegte, wenn sie nicht zu Hause war.

Es gab keine Einbruchsspuren. Phils Kollegen hatten die Haustür bloß zugezogen und nicht abgeschlossen vorgefunden, als sie ankamen. Der Täter hatte sich also entweder Zutritt über den Garten verschafft, oder aber er besaß einen Schlüssel zum Haus. Möglich war auch, dass Hanna Felder ihren Angreifer gekannt und ihn vertrauensselig ins Haus gelassen hatte. Vielleicht hatte der Täter einfach geklingelt, das Opfer öffnete die Tür, und er oder sie überwältigte die Therapeutin. Solche Dreistigkeiten kamen häufig vor, wenn der Täter glaubte, nichts zu verlieren zu haben.

Phils Kollegen waren dabei, die Nachbarn zu befragen. Doch er vermutete den Täter eher in dem privaten Umfeld des Opfers. Oder im Kreis ihrer Patienten. Phil wollte ein Motiv. Und das fand man meist bei Freunden oder Familie. Oft waren die Täter keine Fremden, sondern gute Bekannte. Deshalb ließ man sie ins Haus, deshalb drehte man ihnen den Rücken zu, deshalb hatten sie die Möglichkeit, einem mit einem Golfschläger den Kopf einzuschlagen.

Vielleicht hatte Hanna noch therapeutisch auf ihren Angreifer einreden wollen und versucht, ihn mit psychologischen Tricks von der Tat abzubringen. Sinnlos, dachte Phil. Wenn jemand sich entschloss, einer anderen Person etwas anzutun, dann tat er es auch – früher oder später.

»Phil?« Steffen riss ihn aus seinen Gedanken.
»Was ist?«

7. Jenny

Jenny war heilfroh, dass Nele sie ins Krankenhaus begleitete. Jenny hasste Krankenhäuser. Aber Hanna war hier. Sie musste unbedingt wissen, wie es ihr ging und was passiert war. Auch wenn Hanna keine Freundin war.

Jenny beschäftigte es immer, wenn es jemandem schlecht ging. Selbst, wenn sie die Menschen nicht persönlich kannte. Es machte sie sogar betroffen, wenn es sich um Prominente oder Freunde von Freunden handelte. Deshalb konnte sie auch keine Nachrichten mehr gucken. Sie hatte damit schon vor Jahren aufgehört. Viel zu viele schlimme Bilder. Tod, Krieg, Gewalt, Tragödien – das Grauen lauerte überall. Und der Terror. Ein Wort, das es in ihrer Kindheit vielleicht schon gegeben hatte, das aber bestimmt nicht so oft verwendet worden war wie jetzt. Überall drohte Gefahr. So etwas hielt Jenny nicht aus. Diese Welt war einfach zu hart für sie, und sie hatte ihr den Rücken gekehrt. Deshalb konnte sie gut darauf verzichten, sich das aktuelle Tagesgeschehen im Fernsehen anzusehen. Trotzdem gab es noch genug Leid, das sie mitbekam. Und jetzt war es eben Hanna, der etwas zugestoßen sein musste, denn sonst läge sie wohl kaum im Krankenhaus.

Nele zu überreden mitzukommen hatte Jenny alles abverlangt. Ein einfaches Nein von Nele hätte ausgereicht, und Jenny hätte aufgegeben. Aber Nele schien zu spüren, dass Jenny sie brauchte. Sie schien ein hilfsbereiter Mensch zu sein. Jenny hatte Angst, dass Nele sie nervig und blöd fand, aber noch war sie da. Hoffentlich würde sie bleiben. Obwohl für gewöhnlich niemand gern für längere Zeit in Jennys Gesellschaft blieb.

Jenny hatte sogar mal an einem Seminar mit dem Namen „Wie finde ich neue Freunde?" teilgenommen und viel Geld dafür bezahlt. Sie hatte versucht, sich dort mit einer Frau anzufreunden. Doch schon nach zwei Wochen hieß es, sie habe keine Lust, den Babysitter zu spielen, und Jenny solle endlich mal erwachsen werden. Laut ihrem Personalausweis war sie dreiundzwanzig Jahre alt, aber sie fühlte sich nicht so. Sie fühlte sich immer noch genauso wie mit vierzehn. Sie trug teilweise sogar noch dieselben Klamotten, und auch ihr Körper hatte sich seitdem nicht großartig verändert. Die Schamhaare wuchsen, aber Jennys Brüste nicht. Und wer zeigte einem schon, wie man sich als Erwachsener zu verhalten hatte? Gäbe es dafür einen Kurs, hätte Jenny ihn sofort belegt.

Nele und sie waren beim Krankenhaus angekommen. Schon auf dem Weg dorthin hatte Jenny sich ausgemalt, dass sie beste Freundinnen werden könnten. Schließlich hatte Nele sie vor Alex beschützt. Dass er sie immer noch verfolgte, machte Jenny Angst. Warum ließ er sie nicht einfach in Ruhe so wie alle anderen auch? Niemand wollte was von Jenny, nur er. Aber wenn sie ehrlich war, wusste sie eigentlich ganz genau, warum. Gott sei Dank hatte Nele nicht weiter nachgefragt und sich mit der Antwort »Das ist mein Ex, der kommt nicht mit seinem Leben klar« zufriedengegeben.

Jenny wollte auch so sein wie Nele. So hübsch und so stark. Nele strahlte einfach Selbstbewusstsein aus. Jenny hatte dafür schon diverse Kurse und Seminare besucht, und trotzdem fühlte sie sich klein und schwach. Egal wie viele Mantras sie sich an den Spiegel heftete, um sie jeden Morgen laut aufzusagen.

Und auch Hanna hatte ihr diesbezüglich nicht helfen können. Jennys Albträume waren sogar schlimmer geworden. Sie war schrecklich müde, weil sie in den letzten Nächten nicht mehr als drei Stunden geschlafen hatte. Es war immer derselbe Traum, auch wenn er jedes Mal etwas anders aussah: Sie bekam kaum Luft, ein grünes Monster mit weit aufgerissenen schwarzen Augen verfolgte sie, sie rannte, sie stürzte, sie verletzte sich, sie konnte nicht mehr fliehen, und das Monster sprang sie mit blitzenden Zähnen an. Dann wachte Jenny auf – mit rasendem Puls, schweißgebadet, zitternd. Und manchmal weinte sie sogar schon, bevor sie wach wurde. Es ging nicht um den Traum selbst, es ging um die Angst. Um die Machtlosigkeit, die sie verspürte. Im Traum wie im wahren Leben. Jenny kam sich schwach, nutzlos und erbärmlich vor. Und sie hasste sich dafür.

Als sie im Krankenhaus beim Empfang ankamen, übernahm Nele das Reden. Jenny fand es toll, mit jemandem unterwegs zu sein, der diesen Part wie selbstverständlich übernahm. Sie hatte noch nie ein Problem mit dominanten Menschen gehabt, da sie selbst keinen Drang verspürte, Ansagen zu machen.

Man teilte ihnen mit, dass Hanna auf der Intensivstation lag. Mehr Informationen durfte man ihnen nicht geben. Jenny hätte ab hier nicht mehr weiter gefragt, doch Nele bohrte nach. Sie hatte wirklich Mumm. Aber der glupschäugige Pfleger hinterm Tresen blieb verschwiegen.

Nele drehte sich zu Jenny um. »Keine Chance.«

»Und jetzt?« Es durfte nicht jeder wieder einfach seiner Wege gehen, sie musste erfahren, was mit Hanna los war. Nele machte Anstalten, sich zu verabschieden, aber Jenny wollte so gerne bei ihr bleiben. Bei ihr fühlte sie sich sicher. »Und wenn wir warten?«

»Worauf?«

»Ich weiß auch nicht.«

Jenny sah, dass Nele kurz skeptisch die Augen zusammenkniff. Mist! Jetzt hielt sie sie garantiert für verrückt. »Oder wir könnten, na ja, keine Ahnung. Vielleicht ihre Familie kontaktieren?«

Nele verzog das Gesicht. Jetzt musste sie Jenny endgültig für irre halten. »Ihre Familie? Meinst du, das Krankenhaus hat das nicht schon längst getan? Außerdem, wie soll das klingen? Hallo, hier sind zwei Schlafgestörte aus der Praxis Ihrer Tochter, und wir wollten nur mal fragen, warum sie im Krankenhaus liegt?«

»Ja. So in der Art.«

»Dann viel Spaß.«

»Ich dachte, du rufst da an.«

»Und ich dachte, das wäre ein Witz. Hör zu Jenny, ich hab noch zu tun. Und ich hab jetzt auch nicht so ein enges Verhältnis zu Hanna, dass ich dem Ganzen hier nachgehen muss. Ehrlich nicht.«

Jenny hatte das Gefühl, dass Nele mit Hanna noch eine Rechnung offen hatte. Sie wirkte weniger besorgt als eher frustriert über die Tatsache, nicht an Hanna heranzukommen. Aber Jenny traute sich nicht nachzufragen, warum.

Sie folgte Nele, und sie verließen das Krankenhaus. Als Nele zur Verabschiedung ansetzte, sprintete ein sehr langer, junger Kerl an ihnen vorbei, der eine rote Kappe trug. Jenny hatte das Gefühl, ihn heute schon mal gesehen zu haben. War das der Junge, der vor Hannas Praxis auf der Bank gesessen hatte?

Im selben Moment sprach Nele aus, was Jenny dachte: »War der nicht eben auch vor der Praxis? Auf der Bank?«

»Ja, das hab ich auch gerade gedacht. Komisch, oder?«

Nele wirkte skeptisch, und Jenny nutzte ihre Chance: »Denkst du, was ich denke?«

»Ich hoffe nicht.«

»Was, wenn der was mit Hanna zu tun hat? Erst ist er vor ihrer Praxis. Jetzt hier.«

»Vielleicht ist er auch ein Patient. Na und? Oder meinst du, er hat Hanna etwas angetan, Miss Marple?«

»Aber das kann doch kein Zufall sein! Jeder Polizist würde der Sache nachgehen.«

»Und? Bist du Polizistin?«

»Nein. Aber trotzdem. Bist du denn nicht neugierig?«

Nele gab einen grunzenden Laut von sich, der nach Zustimmung klang. Und Jenny musste sich ein Lächeln verkneifen, als Nele sich wieder dem Eingang des Krankenhauses zuwandte.

8. Sascha

Sascha rannte ins Krankenhaus und suchte sofort die Umkleideräume der Pflegekräfte. Dort gab es weniger abzustauben als gedacht, er konnte nicht mal einen frischen Kittel finden. Stattdessen musste er sich einen Kasack aus dem Korb für die Dreckwäsche nehmen. Aber egal. Er durfte nicht auffallen. Ein Arztkittel wäre bei seinem Alter sowieso nicht glaubwürdig gewesen. Aber in der Verkleidung eines Krankenpflegers konnte er sich hier frei bewegen und Hanna suchen. Zudem hatte sie den Vorteil, dass der Bulle ihn nicht so schnell erkennen würde, falls er ihn überhaupt bis hierhin verfolgt hatte. Sascha hatte schon vor einigen Minuten das Gefühl gehabt, ihn abgeschüttelt zu haben. Sicherheitshalber war er aber trotzdem den ganzen Weg bis zum Krankenhaus gerannt. Und außerdem hatte er sich der geklauten Kreditkarten und des Päckchens Gras entledigt. Besser, sie griffen ihn nicht damit auf.

Sascha schlenderte so unauffällig wie möglich über die Gänge. Nach dem, was der andere Polizist gesagt hatte, stand es nicht gut um Hanna. Also musste sie auf der Intensivstation liegen. Oder noch in der Notaufnahme. Sascha war schon immer gut darin gewesen, Dinge zu wissen, ohne sie wirklich zu wissen. Zum Beispiel bezog er sein gesamtes medizinisches Knowhow aus Arzt- und Krankenhausserien. Und im Moment brachte ihn das weiter. Sehr weit sogar, denn ohne aufzufallen und ohne jemanden fragen zu müssen, stand er plötzlich vor Hannas Zimmertür.

Sascha musste sich überwinden, das Zimmer zu betreten. So nah war er noch nie an ihr dran gewesen. Er hatte

Hannas feine Gesichtszüge noch nie von Nahem betrachtet, und jetzt war es dafür auch zu spät. Sie trug einen Verband um den Kopf, war blass, hatte Schläuche im Mund, in der Nase und in den Armen. Sie wurde von einer Maschine beatmet. Sie war nicht so, wie er sie sich vorgestellt hatte. Wenn er sie sonst aus der Ferne beobachtet hatte, hatte sie anders gewirkt. Fröhlich, sanft, freundlich. All das strahlte sie auch jetzt noch aus, aber es war nicht mehr in Farbe und HD, es war in Schwarzweiß und unscharf. Wie ein altes Computerspiel, von dessen Grafik man früher voll begeistert war und über die man heute lachte.

Hanna war nicht mehr da. Was dort in diesem Bett lag war nur noch eine Hülle. Sascha wollte weinen, aber er konnte nicht. Einfach, weil er sich das Weinen an sich schon früh abgewöhnt hatte. Was brachte das schon? Dennoch spürte er diesen Drang in sich hochsteigen. Sein Bauch krampfte, seine Brust wurde enger, und in ihm tat sich ein dunkles, kaltes Loch auf. Aber keine Träne lief über seine Wangen, und seine Gesichtszüge änderten sich nicht. Er setzte sich neben Hanna und berührte vorsichtig ihre Haare, die eine ähnliche Farbe hatten, aber viel dicker und glänzender waren als seine. Sascha weinte still in sich hinein. Unbemerkt und allein.

Und dann kam der Hass. Wer auch immer Hanna das angetan hatte, würde dafür bezahlen. Und zwar mit seinem Leben.

9. Nele

Nele wollte Jenny am liebsten stehen lassen, aber dann hätte sie womöglich tagelang ein schlechtes Gewissen gehabt. Dieses Mädchen weckte ihren Mutterinstinkt. Sie wirkte dermaßen hilfsbedürftig, dass Nele das Gefühl hatte, einen ausgesetzten Welpen gefunden zu haben. Nur gab es für Menschen leider keine Tierheime.

Jenny war harmlos. Eben so harmlos, dass man sie bestimmt schon oft ausgenutzt hatte. Und Jenny war anzusehen, dass sie jetzt eindeutig nicht alleine sein wollte. Ihr Exfreund hatte ihr eben aufgelauert und gedroht, ihr etwas anzutun. Der Kerl hatte sogar Nele eingeschüchtert, aber so etwas würde sie sich niemals anmerken lassen. Sie hatte diesen glatzköpfigen, aufgepumpten Möchtegernbodybuilder angeschrien, bis er endlich abgehauen war.

Jenny war mit den Nerven am Ende, und ausgerechnet jetzt lag ihre Therapeutin im Krankenhaus. Kein gutes Timing. Von daher tat Nele eine gute Tat für ihr Karma und ließ zu, dass Jenny sich für eine Weile an sie klammerte. Nele machte es nichts aus, und sie wusste, dass sie andere Menschen immer viel zu schnell von sich wegstieß. Sonst hätte sie den Tag wahrscheinlich damit verbracht, alle Leute anzurufen, die sie kannte, um ihnen zu erzählen, was sie rausbekommen hatte, und sich maßlos über Hanna aufzuregen. Und das machte eigentlich keinen Sinn, bevor Nele die Sache nicht mit ihr selbst geklärt hatte. Wenn sie die Story schon erzählte, dann wollte sie auch berichten können, was Hanna dazu sagte. Würde sie versuchen, sich rauszureden oder beichten?

Nele ging mit Jenny zurück ins Krankenhaus. Warum war der schmale, lange Junge hier aufgetaucht? Und ins Krankenhaus gerannt, als würde er verfolgt? Nele hatte ihn eben auf der Bank vor Hannas Praxis gesehen. Da war sie sich sicher. Sie war zwar nicht so eine Verschwörungstheoretikerin wie Jenny, die sich ausmalte, dass der Kerl ein Serienkiller war, aber seltsam war es in der Tat. Und noch seltsamer wurde es, als er Jenny und ihr verkleidet als Krankenpfleger entgegenkam.

Nele erkannte ihn sofort, da er immer noch die rote Kappe trug. Sie spürte, wie Jenny ihr hektisch mit dem Zeigefinger in die Seite pikte und schon wieder ihre Hand nahm. Ihre abgekauten, spitzen Fingernägel bohrten sich in Neles Handinnenfläche. Nele stand nicht besonders auf Körperkontakt, wenn er nicht sexueller Natur war. Aber Jennys dünnes, kaltes Händchen jetzt loszulassen, hätte Jenny wahrscheinlich den Boden unter den Füßen weggerissen.

»Ja, ja, ist ja gut. Ich sehe ihn!«

Er bog vor ihnen links in einen Gang ab, aber er hatte Nele genau in die Augen gesehen und sie erkannt. Man spürte so etwas, sie zumindest. Nele eilte hinterher, Jenny folgte ihr und umklammerte weiter ihre Finger.

»Hey, du! Warte mal!«

Er blieb tatsächlich stehen. »Kennst du Hanna Felder?«, ging Nele gleich in die Vollen. Sie konnte hören, wie Jenny schockiert Luft durch ihre aufeinandergepressten Zähne einsaugte. Das, was Nele hier tat, war Jenny eindeutig zu direkt. Sie spürte, wie Jenny ihre Hand fester drückte, doch sie ließ sie los. »Und?«

»Ja, tu ich. Und ihr?«, antwortete er frech mit angriffslustiger Miene.

Nele mochte es, wenn junge Leute eine unverschämt große Klappe hatten. So war sie früher auch gewesen.

Und eigentlich auch heute noch. »Jetzt tu doch nicht so. Ich weiß, dass du uns eben vor der Praxis gesehen hast.«

Er fühlte sich eindeutig ertappt. Plötzlich sah er sich suchend um.

»Ist was?«, fragte Nele.

»Habt ihr die Bullen mitgebracht?«

»Nein, aber vielleicht sollten wir die mal holen.«

»Macht das nicht!«, zischte er sie an.

»Und warum nicht? Nenn mir einen guten Grund.«

»Ich kann euch einen zeigen. Kommt mit. Das solltet ihr sehen.« Der Junge mit der Kappe gab sich geheimnisvoll. Er ging vor und bedeutete ihnen, ihm zu folgen.

Jenny schüttelte energisch den Kopf und zog Nele am Arm zurück. »Nein, bist du irre? Nachher tut der uns was an!«, flüsterte sie so laut, dass der Kerl es bestimmt hörte.

»Dann sind wir immerhin schon im Krankenhaus. Komm mit, du wolltest es doch unbedingt wissen, Miss Marple.« Nele merkte, dass Jenny wirklich all ihren Mut zusammennehmen musste. Das war keine Show. Wie kam dieses Mädel bloß in der wirklichen Welt klar?

»Okay«, murmelte Jenny leise.

Sie folgten dem Kerl zur Intensivstation, und Nele ahnte, was folgte: Sie betraten Hannas Zimmer.

Der Junge nahm seine Kappe ab, und dünnes blondes Haar kam zum Vorschein. Er zog sich einen Stuhl heran und setzte sich direkt neben Hannas Kopf. Er legte ihr sanft die Hand auf die Schulter. Nele durchfuhr ein kurzer Schauer. Warum tat er das? Jenny brach sofort in Tränen aus und konnte kaum hinsehen. Neles Groll auf Hanna verflog augenblicklich, als sie sie so wehrlos und vor allem leblos auf dem Bett in dem kargen Krankenzimmer liegen sah.

»Bist du auch ein Patient von ihr?«, wollte Nele wissen und bekam bloß ein Nicken als Antwort.

»Aber du arbeitest nicht hier, oder?«, fragte Jenny mit all ihrer kindlichen Naivität. Natürlich tat er das nicht. Nele war klar, dass der Junge sich sein Krankenhausoutfit eben irgendwo stibitzt haben musste. Er schüttelte den Kopf, aber Jenny war das nicht genug als Antwort. »Und wieso trägst du das dann?« Sie deutete auf seinen hellgrünen Kittel.

»Um nicht aufzufallen, deshalb.«

»Vor wem versteckst du dich denn? Vor der Polizei?« Nele wollte zu gern wissen, was der Bursche angestellt hatte. Er wirkte wie jemand, der für sein Alter schon verdammt viel durchgemacht hatte. Jemand, der rebellisch war und auf die Meinung anderer einen Scheiß gab. Nele hatte das Gefühl, direkt einen Draht zu ihm zu haben. »Sag schon, was hast du angestellt?«

»Nichts! Also schon, aber … Also ich versteck mich auch eigentlich überhaupt nicht. Egal, ist kompliziert. Helft ihr mir jetzt oder nicht?« Er wirkte plötzlich ganz aufgeregt.

»Wobei?«

»Den Typ zu finden, der Hanna das angetan hat.«

Neles Augen weiteten sich, und sie lehnte ihre Schultern und ihren Kopf weit zurück, womit sie so viel sagen wollte wie: Warum sollten wir das tun?

Jenny schien die Angst vor dem Unbekannten langsam zu verlieren. »Sollten wir das nicht der Polizei überlassen?« Sie wischte sich die Tränen unter der Brille ab, die sie kurz danach abnahm, um die Gläser mit einem Zipfel ihrer Strickjacke sauber zu reiben.

»Den Bullen? Never ever! Denen traue ich nicht.«

»Und warum nicht?«, ergriff Jenny erneut das Wort.

»Glaubst du, es gibt nur gute Bullen?«

»Natürlich. Man wird doch nur Polizist, um Menschen zu helfen und sie zu beschützen.«

»Ja klar, bestimmt. Alle Polizisten sind Helden, auf jeden Fall.«

Wenigstens verstand Jenny den sarkastischen Unterton. Nele hätte wetten können, dass Jenny die Aussage einfach bestätigte. Stattdessen protestierte sie: »Aber das ist doch ihr Job!«

Der Junge sah Jenny ungläubig an und schüttelte den Kopf. Dann verschränkte er die Arme, stapfte mit dem rechten Bein auf den Boden auf und imitierte Jenny, als wäre sie eine trotzige Dreijährige: »Aber das ist doch ihr Job! Bäh! Bäh! Bäh! Na und?« Er sah Nele an. »Ist die immer so?«

Das hatte sie sich auch schon gefragt. War Jennys naive Art echt oder gespielt? Vielleicht war es auch eine Art Schutzmechanismus. »Wir kennen uns noch nicht lange, aber ich schätze, ja.« Er schenkte Nele ein verschmitztes, kurzes Lächeln und sah dann wieder Hanna an.

Jenny traute sich, zu Hanna ans Bett zu treten. »Weißt du, was passiert ist?« Dafür, dass Jenny ihn eben noch für einen möglichen Serienkiller gehalten hatte, wirkte sie plötzlich äußerst zutraulich.

»Ich weiß nur, dass irgendein Penner ihr den Kopf eingeschlagen hat und sie quasi tot ist. Hirntot halt. Die Geräte werden in dreißig Tagen abgestellt. Dann stirbt sie, obwohl sie das ja irgendwie auch schon ist, also gestorben. Mehr oder weniger. Na ja. Ganz schön scheiße halt.«

Nele sah Jenny an, dass sie sich sehr konzentrieren musste, nicht auf der Stelle lautstark loszuheulen. Sie schniefte und fummelte an ihrer Brille herum, deren Gläser dadurch schon wieder verschmierten. »Woher weißt du das alles?«

»Steht alles so da drin.«

Nele sah, wie er auf die Akte am Fußende des Bettes zeigte. Er stand auf und zog seine rote Kappe wieder an, als sich plötzlich jemand auffällig laut hinter ihr räusperte. Nele wirbelte herum und sah einen leicht erbost dreinblickenden Arzt Ende fünfzig. Er trug einen Schnurbart, der an den Enden hochgezwirbelt war. »Kann ich Ihnen helfen? Gehören Sie zur Familie? Ansonsten ist hier kein Besuch gestattet. Und junger Mann, Sie wissen doch wohl, dass eine derartige Kopfbedeckung während der Arbeitszeit nicht angebracht ist.«

Ein Blick genügte, und alles war klar. Jeder der drei wusste, was der andere dachte. Sie alle murmelten eine Art von unverständlicher Entschuldigung und verließen, unter dem strengen Blick des Arztes, so schnell es ging das Zimmer.

10. Sascha

Sie hatten das Krankenhaus sofort verlassen. Sascha zog den Kittel aus, als sie einige Meter vom Haupteingang stehen blieben. Was sollte er jetzt tun? Er wusste nicht, ob er den beiden Mädels trauen konnte, aber er brauchte Hilfe. Allein würde es schwer werden, Hannas Mörder zu finden. Auch wenn ihn das nicht von seinem Plan abhalten konnte.

»Ich bin übrigens Nele.« Die heiße Braut streckte ihm die Hand entgegen.

»Hi. Sascha.«

Nele hatte einen festen Händedruck und sah einem dabei direkt in die Augen. Das gefiel ihm. Die Kleine stellte sich als Jenny vor. Als er ihre kleine kalte Hand schüttelte, konnte er ihren labbrigen Händedruck unmöglich unkommentiert lassen, was Nele zum Lachen brachte: »Jenny, hey, was geht ab? Sind deine Hände aus Gummi? Alter, jetzt drück doch mal zu.« Er schüttelte dabei ihren ganzen Arm, der völlig unkontrolliert hoch und runter schwang. »Komm. Jetzt drück mal, richtig feste. Los!«, feuerte er sie an, und Jenny versuchte fester zu drücken. »Oh Mann, das üben wir aber noch.« Er ließ sie los und grinste ihr in ihr trauriges Gesicht. »Jetzt lach doch mal. Du siehst aus, als hättest du den ganzen Tag geheult.«

»Hat sie wahrscheinlich auch«, kommentierte Nele und steckte sich eine Kippe an. Er fand sie verdammt cool. Wenn er mal älter war und eine Familie würde gründen wollen und all so was, also circa in zehn bis zwanzig Jahren, dann würde er so eine Frau an seiner Seite haben wollen.

»Also, was ist jetzt? Seid ihr dabei? Wir stehen der Polizei ja nicht im Weg. Aber vielleicht sehen wir was, was die nicht sehen.« Ihm fielen die folgenden Worte schwerer, als jemandem das Portemonnaie zu klauen. Er hatte seit Ewigkeiten niemanden mehr um etwas gebeten. »Helft ihr mir?«

11. Jenny

Jenny wartete gespannt Neles Reaktion ab. In ihr zog sich alles zusammen. Polizei spielen klang gefährlich, und Gefahr war nicht ihr Ding. Genauso wenig wie Horrorfilme, Dunkelheit und Parkhäuser. Aber wenn Nele Ja sagte, würde sie es auch tun.

Sie wollte nicht allein sein. Was, wenn Alex ihr erneut auflauerte? Er kam absolut nicht damit klar, dass sie ihn verlassen hatte, und er würde bestimmt nicht davor zurückschrecken, ihr etwas anzutun, wenn er die Chance dazu bekam. Es war sicherer in Gesellschaft. Zudem war es Jenny auch wichtig, dass Hannas Angreifer gefasst wurde. Obwohl sie der Meinung war, dass die Polizei das Ganze bestimmt auch ohne ihre Hilfe hinbekam.

Aber Nele schien um einiges abenteuerlustiger zu sein als sie selbst. Sie grinste Sascha an und schlug ein: »Bin dabei.«

Nele klang so entschlossen und furchtlos, dass Jenny sich mitreißen ließ. »Okay… Aber sobald wir was wissen, gehen wir zur Polizei.«

»Machen wir, Schätzchen.« Sascha ging zielstrebig los und wollte nicht verraten, wohin. Jenny fühlte sich von ihm belächelt. Er war eindeutig jünger als sie und behandelte sie trotzdem wie ein Kind.

Jenny war es gewohnt, nicht ernst genommen zu werden. In ihrer Familie tat das auch keiner. Dass sie nach der Trennung wieder zu ihren Eltern gezogen war, weil sie auf die Schnelle nicht gewusst hatte wohin sonst, wurde von ihnen bloß herablassend nickend zur Kenntnis genommen. Aber nur weil man etwas gewohnt war, mochte man es noch lange nicht. Sie hatte sich auch daran gewöhnt, dass die Heizung in ihrem ersten eigenen Appartement ständig ausgefallen war und man nur zwei Stunden am Tag die Möglichkeit gehabt hatte, warm zu duschen. Sie hatte sich mit allem arrangiert, doch gestört hatte es sie trotzdem.

Jenny war eben nicht der Typ, der sich beim Vermieter beschwerte. Sie hielt die Zustände einfach aus. Dinge auszuhalten fiel ihr meist leichter, als selbst Veränderungen einzuleiten. Vor allem, wenn das bedeutete, Stress zu machen. Sie wollte gemocht werden. Von jedem. Egal, ob Nachbar, Vermieter oder der Frau an der Supermarktkasse. Jenny gab sich immer große Mühe, nett zu sein und niemandem auf die Füße zu treten. Trotzdem stellte sie jeden Abend fest, dass sie kaum Freunde hatte. Es gab ein paar Menschen, die sie anriefen, wenn sie zum Beispiel Hilfe beim Umzug benötigten oder sich Geld leihen wollten. Oder aber, wenn sie jemanden brauchten, der die Blumen goss, während sie in Urlaub waren. Eine Postkarte aus diesen Urlauben bekam Jenny nie. Höchstens ein Danke hinterher. Hin und wieder wurde sie auf eine Party eingeladen. Jenny hatte sich, wie mit dem Rest ihres Lebens, auch damit abgefunden.

Manchmal stellte sie sich ihre Beerdigung vor. Würden alte Schulfreunde kommen und nette Dinge über sie sagen, obwohl sie die gar nicht so meinten? Aber so gehörte es sich eben, wenn jemand tot war. Dann hieß es plötzlich, man sei ein ganz toller Mensch gewesen, auch wenn einem das zu Lebzeiten niemals jemand gesagt hätte. Vielleicht würde ihr Bruder sogar extra einfliegen. Würden Tränen fließen? Würde es jemanden geben, der wirklich um sie trauerte? Jenny fiel kein Mensch ein, der sie vermissen würde. Es machte für niemanden einen Unterschied, ob sie lebte oder nicht.

Aber heute gab es die Chance, neue, echte Freunde zu gewinnen. Und die durfte sie nicht einfach so verstreichen lassen. Denn eins ihrer Lebensmottos – denen sie selten folgte, aber wenigstens nahm sie sich vor, es zu tun – lautete: Nutze jede Chance, die sich dir bietet. Und genau das war jetzt Jennys Chance. Also machte sie mit. Und fand sich selbst plötzlich ziemlich cool und mutig. Schließlich zog sie einfach so mit zwei wildfremden Personen durch die Stadt.

Sascha und Nele gingen sehr schnell, und Jenny fiel es mit ihren wesentlich kürzeren Beinen schwer, Schritt zu halten. Sie erkannte die Straße, in die sie jetzt einbogen. Hier war Hannas Praxis. Jenny wurde nervös, was sich immer darin äußerte, dass ihre Finger unangenehm kribbelten und sie das Gefühl hatte, im Gesicht zu schwitzen. »Was wollen wir denn hier?«

»Siehst du gleich. Keine Angst, Schätzchen.« Sascha fummelte etwas aus seiner Tasche und ging selbstsicher auf die Praxistür zu.

»Aber da ist doch keiner. Die Tür ist abgeschlossen.«

Jenny sah zu Nele, aber die hatte nur Augen für das, was Sascha aus seiner Tasche geholt hatte. Es waren zwei längliche Metallstifte. Sascha sah sich um und wartete, bis ein Passant, der neugierig guckte, um die Ecke gebogen war. Dann steckte er die Metallstifte in das Schloss. Wollte er die Tür etwa so öffnen? Ging das?

»Was machst du da?« Jenny gab sich Mühe, gelassen zu klingen, und scheiterte wie immer. Ihre Stimme zitterte.

Sascha schnalzte lässig. »Hab mal beim Schlüsseldienst gejobbt und das Werkzeug behalten. Hiermit bekommst du fast jede Tür auf.«

Meine auch, dachte Jenny. So einfach ging das also.

»Ladys, wenn ich bitten darf«, sagte Sascha scherzhaft und machte dabei eine einladende Geste wie ein Kellner, von dem man in einem Edelrestaurant zu seinem Platz geführt wird. Er hatte die Tür zu Hannas Praxis mit einigen geschickten Griffen geöffnet.

»Da können wir doch jetzt nicht einfach reingehen!«, zischte Jenny. »Bist du wahnsinnig? Das ist illegal!«

Sascha lachte bloß und machte einen Schritt in die Praxis. Nele stand noch davor, sah Jenny aber nicht an. Tu es nicht, bitte!, flehte Jenny stumm. Denn dann müsste sie es auch tun, und Jenny hatte nicht das Bedürfnis, Hausfriedensbruch zu begehen. »Nele?« Doch Nele wandte ihr nur kurz den Kopf zu, nickte und folgte Sascha.

Was jetzt? Jenny war allein. »Geh bis an deine Grenzen und darüber hinaus. Geh bis an deine Grenzen und darüber hinaus. Darüber hinaus.« Keiner hörte, wie sie mit sich selbst sprach, und Jenny stellte sich vor, das Mantra laut vor ihrem Spiegel aufzusagen, so wie sonst auch. Dort hingen viele Lebensratgeber-Sprüche. Facebook war voll davon. Jennys Spiegel auch. Von dem üblichen Carpe diem bis hin zu buddhistischen Weisheiten und Toilettenpoesie. Am Ende wollten sie einem alle sagen: Genieß dein Leben! Nutze den Tag!

»Darüber hinaus. Über deine Grenzen. Geh darüber hinaus«, versuchte Jenny sich selbst zu motivieren. Es war einer ihrer Lieblingssprüche. Sie hatte ihn sogar an Alex' Badezimmerspiegel kleben lassen, als sie gegangen war. Die meisten Sprüche hatte sie mitgenommen, doch ein paar hatte sie ihm dagelassen. Vielleicht halfen sie ihm ein bisschen dabei, den Tag zu überstehen.

Jenny sah sich noch ein paar Mal um und lief dann schnell den anderen hinterher. Sollte sie die Tür hinter sich schließen? »Hey? Hallo? Wo seid ihr?«, flüsterte sie in die Dunkelheit. Sie stand im Flur der Praxis. Hier gab es kein Fenster, und sie fand den Lichtschalter nicht. Etwas Licht kam aus Hannas Büro, die Tür war angelehnt. »Hallo? Soll ich hier zuziehen? Oder die Tür nur anlehnen? Hallo?«

Plötzlich berührte jemand sie an der Schulter. Jenny sprang schreiend zurück und stolperte. Sie fiel hin und landete unsanft auf ihrem Hintern. Es war fast wie in ihren Albträumen, gleich würde sie das grüne Monster mit den spitzen Zähnen und den riesigen schwarzen Augen anspringen. Doch dann hörte sie Sascha schallend loslachen. »Sorry, aber es ist einfach zu geil.«

Jennys Puls lag bestimmt nah der Zweihundert, auch wenn sie eine gewisse Erleichterung verspürte. In der Realität gab es keine Monster. Zumindest solange man den Fernseher ausließ. »Was ist zu geil?«, fauchte sie ihn an.

»Na du! Du bist zu geil! Echt! Schreckhaft wie ein Hamster. Obwohl, nee. Die sind gar nicht so schreckhaft. Aber warte mal … Ja, voll! Kennst du diese Schafe? Ich weiß nicht genau, wie die heißen. Leben irgendwo in Irland oder Schottland oder so. Auf jeden Fall, wenn man die erschrickt, oder heißt das erschreckt? Egal. Auf jeden Fall, wenn man das macht, dann fallen die sofort um! Verstehst du? Die fallen um! Einfach so! Auf der Stelle! Wie ohnmächtig, voll in Schockstarre! So wie du! Haaahaaahaaahaaa!« Sascha bekam sich vor Lachen gar nicht mehr ein.

Jenny konnte sich nicht erinnern, wann sie das letzte Mal das Gefühl gehabt hatte, mit jemandem mitlachen zu wollen. Sie hatte nicht das Gefühl, dass Sascha sie auslachte, obwohl er ganz eindeutig über sie lachte. Er krümmte sich den Bauch vor Lachen, sein Glucksen überschlug sich, und er verschluckte sich dabei so heftig, dass er gleichzeitig lachte, hustete und nach Luft schnappte. Jenny konnte das Gelächter plötzlich nicht mehr zurückhalten, ihr ganzer Körper kitzelte, ihre Kiefer klappten unweigerlich auseinander, und sie musste ebenfalls lachen. Und es verstärkte sich, je länger sie Sascha bei seinem Lachanfall zusah.

»Geht's euch gut?« Nele bog um die Ecke und sah Jenny verwundert an, vermutlich, weil sie immer noch auf dem Boden saß. Oder weil Nele sie zum ersten Mal lachen sah. »Im Büro ist auch nichts. Da sind nur die ganzen Akten.«

»Wir fotografieren die alle ab, jede Patientenakte. Und alles andere auch. Handy raus und los.« Sascha war plötzlich wieder ganz ernst und nicht mehr zu bremsen. Er streckte Jenny die Hand entgegen, sein Arm war fast so lang wie Jenny groß war. Sascha half ihr hoch und kaum, dass sie wieder auf den Beinen stand, eilte er ins Büro.

Jenny hatte Probleme, sich zu beruhigen. Sie lachte immer noch leise vor sich hin. »Und soll ich die Tür jetzt offen lassen oder nicht?«

»Wie du magst.« Nele grinste sie an. Wollte sie Jenny damit aufziehen? Was sollte das heißen, wie sie mochte? Sollte Jenny das jetzt etwa alleine entscheiden? Entscheidungen waren nämlich wirklich nicht ihr Ding.

Sascha kam zurück. »Wo bleibt ihr denn?« Er sah Jennys unentschlossenen Blick zur Tür. »Bist du etwa schon wieder in Schaf-Schockstarre? Ernsthaft jetzt? Macht die Scheißtür zu und kommt.«

Es geht doch, endlich einer, der mal klare Ansagen macht. Jenny schloss ganz leise die Tür. Sie wusste noch nicht genau, was sie von diesem kleinen Möchtegern-Gangster halten sollte, der gar nicht klein war, sondern sogar ziemlich groß. Aber eben doch irgendwie noch ein Junge. Wegen was für einer Schlafstörung Sascha wohl bei Hanna in Behandlung war?

12. Hanna

Sie machten es tatsächlich. Und ich fand es überhaupt nicht lustig, zwei meiner Patientinnen und diesem fremden Kerl dabei zuzusehen, wie sie meine Unterlagen durchwühlten und abfotografierten.

Was sollte das? Wollten sie meinen Mordfall lösen? Der momentan noch nicht mal ein richtiger Mordfall war? In dreißig Tagen sehr wahrscheinlich, ja. Zu neunundneunzig Prozent käme ich dann als brutal Ermordete als Schlagzeile in die *Bild*-Zeitung. Aber im Moment war ich bloß eine hirntote Therapeutin, die mit höchster Wahrscheinlichkeit nicht wieder aufwachen würde. Nur solang man noch nicht tot war, blieb da eben dieser kleine, verfluchte Funken Hoffnung. Es war schließlich nicht ganz unmöglich, dass ich wieder aufwachte. Es gab Wunder.

Schluss damit! Ich klang schon wie Jenny, die schlimme Wahrheiten nicht ertrug und sich wünschte, im Glücksbärchi-Land zu leben. Ich musste realistisch bleiben. Es sah schlecht für mich aus. Verdammt schlecht. Ich hatte meinen Körper eindeutig längst verlassen. Kein gutes Zeichen, oder?

Aber dafür war der Rest von mir, der nicht mein Körper war, Nele, Jenny und diesem Fremden gefolgt. Ein seltsamer Kerl. Er hatte sich im Krankenhaus neben meine Hülle gesetzt und meinen Kopf getätschelt. Und als er ging, hatte er den Gesichtsausdruck eines Gladiators, der in die Schlacht zieht. Dann war er wiedergekommen. Mit zwei meiner Patientinnen im Schlepptau. Jenny und Nele. Was für eine Mischung! Wie die beiden zusammenfinden konnten, war mir ein Rätsel. Jenny hätte heute einen Termin gehabt, Nele nicht. Arme Jenny. Sie wird stundenlang vor der Praxis gewartet haben. Vielleicht könnten die beiden sich sogar ganz gut ergänzen. Dieses Szenario machte mich ziemlich neugierig, also folgte ich ihnen. Zu meiner großen Verwunderung zu meiner eigenen Praxis.

Sie waren noch dabei, meine Akten abzufotografieren. Von Pietät und Privatsphäre, mal ganz abgesehen von der ärztlichen Schweigepflicht, schienen die drei noch nie was gehört zu haben.

Nele durchblätterte meinen Kalender. »Hört mal, Hanna hatte gestern Abend als letzten Termin einen Hausbesuch. Bei einem gewissen Finn.«

Finn war in der Tat der einzige Patient, bei dem ich diese Ausnahme machte. Das Problem war, dass man ihn zu Hause besuchen musste, wenn man ihn nicht bloß über die Webcam sehen wollte. Man hatte keine Wahl. Er verließ das Haus nämlich nicht. Nie! Ich hatte es erst nicht glauben können, aber er zog das jetzt schon seit Jahren durch. Das klappte dank des Internets tatsächlich völlig problemlos. Er konnte ja alles bestellen, was er brauchte. Ich hatte mich aber immer gefragt, woher Finn sein Einkommen bezog. Dieser Frage war er stets ausgewichen. Ich war mir auch nicht sicher, ob Finn überhaupt eine Therapie brauchte oder einfach nur Gesellschaft. Die er wohl bald unfreiwilligerweise bekommen würde.

Nele blätterte weiter durch meinen Kalender. »Sie besucht ihn genau einmal die Woche zu Hause. Aber sonst macht sie gar keine Hausbesuche. Nur bei dem Kerl.«

»Der muss ja was ganz, ganz Schlimmes haben.«

Das konnte nur Jenny sein. Für sie war alles immer ganz, ganz schlimm, und mich faszinierte, dass sie bei so einer Aktion überhaupt mitmachte. Obwohl eben genau das das Gefährliche an Jenny war. Nicht unbedingt für andere, aber für sie selbst. Sie ließ sich mitreißen. Von fast jedem, der ihr einen Weg vorgab. Sie hasste es, eigene Entscheidungen treffen zu müssen. Jenny wäre das perfekte Sektenopfer. Wem sie am Ende aber zum Opfer gefallen war, war eigentlich noch schlimmer.

Und dann war da Nele, die sich mir anvertraut hatte und keine Ahnung hatte, was hinter ihrem Rücken vor sich ging. Es tat mir unendlich leid, aber wahrscheinlich würde ich ihr das nicht mehr sagen können.

»Dann statten wir diesem Finn doch mal einen Besuch ab.« Der schlaksige große Junge namens Sascha schnappte sich meinen Kalender und fotografierte mit seinem Handy jede Seite ab. »Wie gesagt, wir stehen den Bullen nicht im Weg. Wir lassen hier alles so, wie es war, dann können die sich ihr eigenes Bild machen und Spuren sichern und bla, bla.«

»Hätte ich mir Handschuhe anziehen müssen?«, fragte Jenny plötzlich ängstlich.

»Bist du im System?«

»Was für ein System denn? Mit Fingerabdrücken? Aber ich musste meine doch sogar für den neuen Pass abgeben! Klar haben die die!« Jennys Kopf wurde rot, sie geriet leicht in Panik, und ich meinte zu erkennen, wie sie leise eins ihrer Mantras flüsterte, um sich selbst zu beruhigen.

Sascha ging nicht besonders feinfühlig mit ihr um, obwohl er wahrscheinlich seit Langem der Erste gewesen war, der sie zum Lachen gebracht hatte. »Jetzt konzentrier dich mal.«

»Was? Worauf? Und wenn ich Spuren hinterlasse? Ich überlebe keinen Tag im Knast!«

Sascha grinste Jenny frech an. »Da stimme ich dir zu. Wir wischen das hier gleich alles wieder sauber, keine Sorge. Aber jetzt konzentrier dich. Guck, ob du etwas Auffälliges findest. Los, du Schaf. Schockschaf. Oder nee, warte mal. Ich glaub, das waren Ziegen! Also schieb hier mal nicht die Ziege.«

Sascha war unglaublich erpicht darauf, meinen Mörder zu fassen. Aber warum? Wieso wollte dieser Junge meinen Mord rächen? Und dann kam mir eine Idee.

13. Nele

Wenn Nele ehrlich war, dann stand sie irgendwie auf Adrenalinkicks. Hier zu stehen und etwas eindeutig Verbotenes zu tun turnte sie an. Hemmungslos Hannas Sachen zu durchwühlen und zu fotografieren war natürlich nicht okay. Das war ihr schon klar. So etwas machte man eigentlich nicht. Eigentlich. Das hier war schließlich eine ganz besondere Situation. Außergewöhnlich könnte man sagen. Und hieß es nicht: Außergewöhnliche Situationen erfordern außergewöhnliche Maßnahmen?

Neles Hass auf Hanna war beinahe verflogen. Saschas Ehrgeiz, den Täter zu finden, war ansteckend, und er und Jenny waren eine, ja man könnte sagen, außergewöhnliche Gesellschaft. Nur eines hatte sie nicht bedacht: dass einer von ihnen ihre Akte finden könnte. Also musste sie ihnen zuvorkommen. Die beiden sollten besser keine Details über Neles Schlafstörung erfahren. Und als hätte Jenny es gerochen, stellte sie eben die Frage, auf die Nele nicht antworten wollte.

»Warum seid ihr denn eigentlich bei Hanna in Behandlung?«

Jetzt mal ehrlich: So etwas fragte man doch auch nicht, oder? Doch bei ihrem kindlichen, vorsichtigen Auftreten konnte man Jenny das unmöglich übel nehmen. Unschuldig wie eine Vierjährige fragte sie eben, warum man denn zum Arzt musste.

»Ich schlafwandele.« Nele antwortete kurz angebunden und hoffte, dass das ausreichte.

Dass sie sexschlafwandelte, ging Jenny nichts an. Und Nele hoffte, dass sie es nie erfahren würde. Es war erst zwei Monate her, da hatte Nele eine inzwischen ehemalige Kollegin nachts aufgesucht, weil ihr schlafendes Ich Lust auf lesbischen Sex hatte. Sie musste Laura, so hieß die Frau, die Nele danach nie wiedersah, ausführlich beschrieben haben, was sie gerne im Bett mit ihr anstellen würde. Und sie musste wohl sogar einen Strick dabei gehabt haben, um direkt mit den Fesselspielchen zu beginnen.

Nele hatte Laura zwar nie wiedergesehen. Aber sie nochmal gehört. Einmal. Laura hatte Nele nämlich direkt am nächsten Morgen angerufen und ihr alles erzählt. Und kurz darauf war Nele gefeuert worden. Dazu sollte man wohl erwähnen, dass es sich nicht um irgendeine Kollegin gehandelt hatte, sondern um die Ehefrau des Chefs. Und Laura hatte am Telefon auch nicht klargestellt, ob etwas passiert war oder nicht. Ihrem Ehemann, der an dem Abend glücklicherweise nicht zu Hause gewesen war – dann hätte Nele nämlich garantiert einen Dreier vorgeschlagen –, hatte Laura gesagt, dass sie einfach die Tür geschlossen hatte. Aber Nele glaubte ihr nicht, da sie am nächsten Morgen Kratzspuren auf ihrem Rücken gefunden hatte.

Nele wusste nichts mehr von dieser Nacht. Hatte sie also Sex mit der Frau ihres Chefs gehabt oder nicht? Keine Ahnung. So oder so war sie gefeuert worden und hatte trotzdem immer noch keine Ahnung, ob ihr Sex mit einer Frau gefiel oder nicht. Und die Gattin ihres Chefs war am Telefon sonderbar nett und vertraut gewesen. Sie hatte seltsame Anspielungen gemacht und Nele sogar an eine andere Kaufhauskette weiterempfohlen. Das Vorstellungsgespräch war super verlaufen, und Nele würde nächsten Monat dort anfangen. Nele war Einkäuferin für Damenmode, sie durfte also den ganzen Tag shoppen und wurde sogar dafür bezahlt. Ein Traumjob, obwohl sie trotzdem fast täglich von einer eigenen kleinen Boutique träumte.

Klopf, klopf. Plötzlich wurde Nele aus ihren Gedanken gerissen.

»Guten Tag.« Ein attraktiver Mann mit zerknittertem Hemd lehnte in der offen stehenden Tür. Jenny kreischte sofort panisch los und ließ alles fallen. Nele versuchte noch, das Ganze zu realisieren, da sprintete Sascha schon Richtung Tür. Mit der Wucht einer Abrissbirne rammte er den Mann im Karohemd, drängte an ihm vorbei und stürmte hinaus. Doch ein anderer Mann dahinter, und als Nele genauer hinsah, erkannte sie eine Polizeiuniform, bekam Sascha zu fassen.

Der Uniformierte ging rabiat mit Sascha um und legte ihm sofort Handschellen an. »Polizei! Sie bleiben mal schön hier. Beruhigen Sie sich!«

Jenny gehorchte auf der Stelle, obwohl sie nicht gemeint war. Der andere Mann hatte sich wieder aufgerichtet. Während er sich die Seite rieb, in die Sascha hineingerannt war, sah er Nele und Jenny an. Er forderte sie auf, sich keinen Zentimeter zu bewegen, und trat zu Sascha. »Ich hab doch gesagt, ich krieg dich noch.«

Die Polizei. Die hatte Nele ausgeblendet. Natürlich würde sie früher oder später Hannas Arbeitsplatz checken. Aber warum ausgerechnet jetzt? Und wieso kannte der sexy Polizist in dem zerknitterten Hemd Sascha?

»Was haben wir denn hier?«

Der andere Polizist nahm Jennys Handy vom Boden und sah die Fotos an. »Sie fotografieren hier also alles ab. Soso, sehr verdächtig. Findest du nicht auch, Phil? He, oder? Sehr verdächtig. Und wie sind Sie überhaupt hier reingekommen?«

Phil hieß er also. Ein attraktiver Kerl, einer, der vor allem wirklich mal ein echter Kerl war. Männlich. Jemand, der sich morgens nicht überlegte, was er anzog, sondern einfach etwas aus dem Schrank riss, sofern er überhaupt einen besaß, und es anzog. Egal, ob es zusammenpasste oder nicht. So etwas mochte Nele. Hand- und Nagelcremes, Peelings und Duftkerzen wollte sie bei keinem Mann im Badezimmer finden. Am liebsten waren ihr die, die Duschgel und Shampoo in einem hatten. Wahre Pragmatiker eben. Mit denen konnte man was anfangen. Und dieser Phil hatte, durch seine verschrobene Art, die trotzdem einen gewissen Charme erkennen ließ, eine verdammt anziehende Wirkung auf Nele. Obwohl sie ihn gar nicht kannte und auch wenn ihr das Nächste, das er sagte, nicht gefiel.

»Ja, Steffi. Sehr verdächtig. Und deshalb dürfen Sie alle uns jetzt auch aufs Revier begleiten.«

Steffi? Eindeutig ein Insider. Der andere hieß also Stefan oder vielleicht auch Steffen oder Steve.

»Und da werden wir dann auch gleich mal alle Bilder von Ihren Handys löschen, die Sie hier aufgenommen haben.«

Nele schaffte es, einen letzten Blick auf die Akte zu werfen, die sie eben rausgesucht hatte, und versuchte, sich die Adresse einzuprägen: Finn Flierdtschken, Am Rosentalgartenweg 17a.

14. Finn

Er hatte heute irgendwie so ein ganz, ganz ungutes Gefühl. An manchen Tagen war es schlimmer als sonst. Anders als normal. Heute war kein guter Tag.

Von außen betrachtet mochte man meinen, dass Finns Tage immer sehr ähnlich abliefen. Schließlich hatte er seit über fünf Jahren das Haus nicht mehr verlassen. Aber auch Finn hatte gute und schlechte Tage. Und schon als er heute Morgen aufgestanden war, hatte er das Gefühl gehabt, dass heute ein schlechter Tag werden würde. Er sah raus auf die Straße, es war ein klarer, kühler Herbsttag. Er schob die Gardine wieder zu und ging durch sein spärlich eingerichtetes Wohnzimmer in die kaum benutzte und trotzdem aufräumbedürftige Küche.

Finn brauchte einen Tee, irgendetwas zur Beruhigung. Und im selben Moment fragte er sich, seit wann er eigentlich Tee trank. Könnten seine alten Kumpels ihn jetzt sehen, würden sie ihn nicht wieder erkennen. Weder optisch noch charakterlich. Und sie würden sich über ihn lustig machen. Früher war er ein richtiger Draufgänger gewesen – und jetzt? Jetzt sinnierte er wie ein alter Mann über Tee, dabei war er nicht mal dreißig. Niemand zwang ihn dazu, so zu leben, wie er es tat. Und trotzdem fühlte es sich so an, keine andere Wahl zu haben.

Es klingelte. Endlich. Er wartete schon eine halbe Ewigkeit auf das Paket. Was in seinem Universum bedeutete, länger als zwei Tage.

Die Paketboten liebten ihn. Er wohnte ebenerdig in einem kleinen, freistehenden Bungalow, sie mussten also erstens schon mal keine Treppen steigen, sondern nur durch einen kleinen Vorgarten. Zweitens war er immer zu Hause. Und drittens wollte er weder unnötig freundliche Floskeln austauschen noch irgendwelchen sinnlosen Smalltalk machen.

Er nahm das Paket. Danke. Tschüss. Weihnachten gab es Trinkgeld. Heute war aber nicht Weihnachten, also gab es nicht mehr als eine Unterschrift und ein Nicken. Danke. Und Tschüss. Finn war mit seinem Paket alleine und riss sofort das Klebeband ab.

15. Nele

Nele war froh, dass Phil und nicht sein Kollege mit Spitznamen Steffi das Büro des Polizeireviers betrat. Sie waren mit Sascha viel härter umgesprungen als mit ihr und Jenny, die nebenan in einem Büro saß. Was hatte der Typ bloß angestellt? Und vor allem, was hatte sie da eigentlich angestellt? Sie hatte bis auf Verkehrskontrollen und das eine Mal wegen Ruhestörung, als sie eine Party geschmissen und die Musik voll aufgedreht hatte, noch nie mit der Polizei zu tun gehabt. Und jetzt wurde sie verhaftet! Kacke! Es war weniger Angst, eher Ärger, den sie verspürte. Wie konnte sie eigentlich so blöd sein? Sie baute doch im Schlaf schon genug Mist und jetzt sogar bei Bewusstsein?

»Möchten Sie etwas trinken?« Phil hatte eine wirklich angenehme tiefe, raue Stimme, die auf Nele nahezu unwiderstehlich wirkte.

Aber sie durfte jetzt nicht vergessen, wo sie sich gerade befand und warum. Nele war bei der Polizei, weil sie mit den anderen Hannas Praxis durchsucht hatte. Und sie hatte vor, sich irgendwie rauszureden. Sie musste also hart bleiben und ihr Pokerface aufsetzen. »Nein, danke.«

Er ging an ihr vorbei, setzte sich ihr gegenüber und roch, als käme er gerade aus einem Pinienwald. Er hatte charmante, markante Gesichtszüge. Ein Mann, der garantiert vergeben war, zwei Kinder und eine wunderschöne Frau hatte. Wahrscheinlich betrog er sie trotzdem. Nele versuchte, sich diesen Mann direkt wieder auszureden. Außerdem wollte er garantiert sowieso nichts von ihr.

Er lehnte sich zurück und sah sie nachdenklich an. »Also, Sie sind ja nicht vorbestraft. Aber …«

Nele hielt kurz die Luft an und spürte, wie ihr Puls in die Höhe schoss. Und dann erinnerte sie sich, dass die Polizei wohl doch eine Sache über sie gespeichert hatte, die Nele erfolgreich verdrängt hatte. Sie war schon einmal angezeigt worden – und zwar wegen sexueller Belästigung. Problem eins: Wie immer, erinnerte sie sich an nichts, denn es geschah beim Sexschlafwandeln. Problem zwei: Ihr Auserwählter damals war erst siebzehn gewesen und fand die Sache total super. Seine Mutter, die sie erwischt hatte, allerdings absolut nicht.

Phil, den Nele hiermit sicherlich endgültig abschreiben konnte, schien darüber ein wenig irritiert zu sein. »Sie wurden schon mal wegen sexueller Belästigung Minderjähriger angezeigt?«

»Ja, das war …« Ihr fiel auf, dass sie ihm keinesfalls verraten wollte, was das wirklich gewesen war. »… ein Missverständnis. Die Sache wurde fallen gelassen.«

»Okay. Na gut. Darum geht es ja heute auch nicht.«

Er wirkte zwar gewillt, ihr zu glauben, aber trotzdem hatte Nele das Gefühl, in seiner Gunst gerade ziemlich gesunken zu sein. Er durfte nicht sehen, dass sie ihn heiß fand, doch ihr fiel es schwer, sich zu konzentrieren. Sie wünschte sich viel zu sehr, das hier wäre kein Verhör sondern ein Date.

»Dass Ihre Therapeutin, Frau Doktor Hanna Felder, im Krankenhaus liegt, wissen Sie?«

»Ja.«

Und auch, wenn sie viel lieber mit Phil über ihn geredet hätte, darüber, ob er Single war, wo er wohnte, was für Hobbys er hatte, ob er viel reiste, Hunde mochte und gern Sushi aß, musste sie brav antworten, ohne zu viel zu verraten. Denn man durfte nicht vergessen, dass Nele allen Grund gehabt hatte, sauer auf Hanna zu sein. Und damit ein Motiv besaß. Was Nele wirklich Sorgen bereitete, war, dass sie selbst nichts von ihren Aktivitäten während ihrer nächtlichen Ausflüge wusste. Ihr schlafendes Ich kannte keine Hemmschwelle, und Nele war letzte Nacht sehr wütend auf Hanna gewesen. Was, wenn sie Hanna im Schlaf etwas angetan hatte und es jetzt nur nicht mehr wusste?

16. Phil

Phil hatte ihn extra lange im Vernehmungsraum warten lassen und schon damit gerechnet, dass der Junge mit der roten Kappe sich erst mal ausschweigen würde.

So viel wusste Phil: Er hatte einen Sascha Lorenz vor sich. Neunzehn Jahre alt. In Pflegeheimen und Pflegefamilien aufgewachsen. Kein Schulabschluss, keine Ausbildung. Als Jugendlicher schon mehrfach straffällig geworden. Vandalismus, Einbruch, Diebstahl und so weiter. Aber nie war jemand zu Schaden gekommen. Hatte Sascha Lorenz diese Grenze diesmal überschritten? Aber warum? Was hatten die beiden miteinander zu tun? Eine sechsunddreißigjährige Therapeutin aus der Vorstadt und ein Jugendlicher, dem man ansah, dass er schon einiges erlebt hatte. Auf jeden Fall zu viel für einen Jungen in dem Alter.

Klar tat Phil der Kerl auf der einen Seite etwas leid, aber er durfte nicht ausschließen, dass er schuldig war. Phil hatte es selbst auch nicht immer leicht gehabt und es trotzdem geschafft, nicht zu oft falsch abzubiegen. Klar hatte er auch mal mit Drogen experimentiert, und das viel zu lange, trank gelegentlich immer noch einen über den Durst und bekam seinen Haushalt selbst als erwachsener Mann nicht auf die Kette. Was wie heute mal wieder dazu geführt hatte, dass er ein ungebügeltes Hemd trug.

Als er noch in der Ausbildung gewesen war und seine Mutter das Wäschewaschen für ihn übernommen hatte, hatten seine Sachen immer ausgesehen wie neu und nach zu Hause gerochen. Und er liebte diesen Duft. Allein deshalb schon tat Sascha ihm leid. Dieser Junge machte den Eindruck, als wisse er nicht, wie ein Zuhause riecht.

Phil wusste, dass er mit seinen Eltern Glück gehabt hatte. Sie waren im Herzen Hippies geblieben, und auch wenn er Polizist war, übersah er ihre kleine private Marihuana-Plantage im Gewächshaus im Garten, wo sie auch Gemüse und Salat anbauten. Und immer, wenn er mit ihnen zu Abend aß, glaubte er, eine leichte Prise Cannabis rauszuschmecken. Aber vielleicht bildete er sich das auch nur ein.

Keine Einbildung war allerdings, dass dieser Sascha vor ihm gerade genüsslich einen dicken, langen Popel wie den Käsefaden einer Pizza aus seiner Nase zog und ihn unter dem Tisch abwischte.

»Na, lecker«, entgegnete Phil dieser Nettigkeit trocken.

»Was denn, Alter? Fangen wir hier mal an, oder was? Sonst kann ich auch wieder gehen.«

»Du gehst heute nirgendwo mehr hin, außer in Untersuchungshaft.«

»U-Haft?! Warum das denn?«

»Mal ganz abgesehen davon, dass du heute an einem Tatort warst und abgehauen bist, als ich mit dir reden wollte, bist du kurz darauf in die Praxis des Opfers eingebrochen. Reicht das?«

»Nee. Das reicht nicht. Und warum duzen Sie mich überhaupt?«

Ach kacke, verdammt! Der Junge war über eins neunzig groß und neunzehn Jahre alt. Trotzdem hatte man ein Kind vor sich. Ein rebellisches, großmäuliges Kind. »Lenk nicht ab.«

»Ich hab doch gar nichts gemacht. Ich kann ja wohl rumhängen, wo ich will.«

»Was genau haben Sie und die beiden anderen in der Praxis gewollt?«

»Geht doch.«

»Was?«

»,Haben Sie.' Das klingt direkt viel respektvoller als ,Hast du'.«

»Wundervoll. Wenn das so weiter geht, haben *Sie* gleich ganz andere Probleme. Also wie wäre es, wenn *Sie* mir jetzt mal erzählen, was Sie mit Hanna Felder zu tun haben?«

»Wir sind Patienten von ihr. Wir haben jedes Recht, da zu sein. Der Rest geht Sie nichts an. Schweigepflicht und so.«

»Das sieht der Gesetzgeber in dem Fall, glaub ich, etwas anders.«

Der Junge zuckte lässig mit den Schultern. »Alles weitere nur noch über meinen Anwalt.« Er sah sich in dem leeren Befragungsraum um und ignorierte Phil. Er wirkte, als wäre das alles hier ihm gerade einfach scheißegal.

»Wir haben Werkzeug bei Ihnen gefunden, das typisch für Einbrecher ist«, fuhr Phil fort.

Keine Reaktion.

Dann würde Phil jetzt den Hammer auspacken. Den, warum er Sascha Lorenz heute noch einem Haftrichter vorführen und wegen versuchten Mordes anzeigen könnte: »Auf ihrem Handy haben wir unzählige Fotos des Opfers gefunden. Sie müssen Hanna Felder über Wochen hinweg beobachtet haben.« Plötzlich sah der Junge ihn wieder an. Seine Augen funkelten. Phil hatte etwas in ihm geweckt. Auf jeden Fall hatte er den richtigen Nerv getroffen.

»Na, und? Das heißt gar nichts. Und wie gesagt, ohne Anwalt ...« Er zog einen imaginären Reißverschluss über seinem Mund zu.

»Wenn du, sorry, wenn *Sie* meinen. Aber ich frage mal so: Was würde wohl ein Mörder tun, wenn er seine Tat plant? Das Opfer ausspähen vielleicht?«

»Ich hab ihr nichts getan. Ehrlich.«

»Können Sie das beweisen?«

Sascha Lorenz lehnte sich zurück und starrte auf seine Fingernägel. Dann fing er an, sich nervös am Hals zu kratzen. Seine helle, dünne Haut färbte sich an der Stelle sofort feuerrot. »Okay, ich sage Ihnen die Wahrheit. Aber nur, wenn Sie mich dann wieder gehen lassen. Ich hab keinen Bock auf 'ne Nacht in 'ner Zelle und mal ehrlich, ihr dürft mich hier doch eh maximal vierundzwanzig Stunden festhalten, oder? Also, ich erzähl es Ihnen. Aber das bleibt unter uns? Okay?«

17. Jenny

Als Jenny aus dem Präsidium kam und Nele sah, überkam sie ein Gefühl der Erleichterung. Nele stand am Treppenabsatz und steckte sich eine Zigarette an. Hatte sie auf sie gewartet, oder war sie nur kurz stehen geblieben, um sich eine anzuzünden? Die Vorstellung, Nele könnte tatsächlich auf sie, Jenny, gewartet haben, war viel zu schön, um sie loszulassen. Nele hatte hier auf sie gewartet, dafür hätte Jenny sie am liebsten augenblicklich umarmt. Aber sie tat es nicht.

Sie war froh, die Befragung hinter sich zu haben. Sie hatte sich seelisch schon darauf eingestellt, heute im Gefängnis übernachten zu müssen. Vielleicht sogar, die nächsten Jahre dort zu verbringen. Obwohl sie sich einen Top-Anwalt leisten könnte, der sie garantiert irgendwie freigekauft hätte. Dafür hätten ihre Eltern schon gesorgt. Wie Nele wohl gucken würde, wenn sie eine ihrer drei Platinkreditkarten aus ihrem Prada-Portemonnaie zücken würde? Ein Geschenk ihrer Mutter, der es wichtig war, dass auch bloß jeder mitbekam, dass ihre Familie sich alles leisten konnte. Rumprotzen war das Hobby Nummer eins ihrer Eltern. Wenn Jenny sich um etwas nie hatte Sorgen machen müssen, dann um Geld. Es war einfach immer da gewesen.

Jennys älterer Bruder war eine Art Genie. Als er gerade dreizehn Jahre alt war, erfand er einen Algorithmus, der das Internet revolutionierte. Und ihre Eltern kassierten richtig ab. Sie wussten genau, wie das geht. Sie als Anwältin und er als Investmentbanker. Und plötzlich waren sie stinkreich. Damals war Jenny fünf Jahre alt gewesen. Sie hatte seitdem immer Geld zur Verfügung, jede Menge davon. Auf ihrem Konto befanden sich heute mehrere Millionen. Aber sie konnte nichts damit anfangen. Sie hasste Shopping. Was sollte sie mit teurem Schmuck, Yachten oder Häusern? Hummer und Champagner schmeckten ihr nicht. Dann lieber Fischstäbchen mit Pommes und Mayo. Wozu sollte Jenny alleine in einem großen Haus leben, um dann auch noch eine Putzfrau beschäftigen zu müssen, der sie sowieso niemals trauen würde?

Jenny freute sich selten daran, dass das viele Geld da war. Denn es war nicht ihr Geld. Es war genau genommen das Geld ihres Bruders, der inzwischen nur noch in thailändischen Puffs abhing. Sie hingegen arbeitete in einem kleinen Blumenladen, war damit völlig zufrieden und das, was sie dort verdiente, reichte meist aus, um all ihre Kosten zu decken. Und wenn nicht, hatte sie ja noch den Luxus von mehreren Kreditkarten ohne Limit.

Nele und Jenny hatten sich ein paar Meter entfernt von der Polizeiwache auf eine Bank gesetzt. Zwei Polizisten gingen lachend an ihnen vorbei, doch sie bemerkten Jenny nicht. Nur Nele warfen sie einen flüchtigen Blick zu. Jenny hörte den einen flüstern: »Hast du gesehen, was für eine Irrentruppe der Zander hier heute angeschleppt hat?«

Die Polizisten gingen zu einem Streifenwagen, stiegen ein und fuhren davon.

»Meinten die uns?«

»Natürlich meinten die uns.« Nele stieß den Qualm aus ihrem Mund aus, und Jenny überkam das Bedürfnis zu husten, aber sie unterdrückte es. Jenny mochte es nicht, als Irre bezeichnet zu werden. »Viele Leute machen eine Therapie, deshalb ist man noch lange nicht irre. Und wir haben halt alle schlimme Schlafstörungen.«

»Ist doch egal. Lass sie reden.«

Nele war genial. Sie schien sich daran wirklich nicht zu stören. War sie so gelassen, dass sie die Meinung anderer nicht interessierte? Dass sie nicht nur vorgab, es würde sie nicht interessieren, sondern dass es wirklich so war? Toll. Diese Frau hatte wahrscheinlich keine Lebensweisheiten an ihrem Spiegel hängen. Sie brauchte keine. Jenny hingegen war nach der Vernehmung fix und fertig. »Was haben die dich gefragt?«, wollte sie von Nele wissen.

»Das Gleiche wie dich wahrscheinlich. Woher ich Hanna kenne, warum ich heute in ihre Praxis mit euch eingestiegen bin, wann ich Hanna zuletzt gesehen habe. Und so weiter.«

»Und was hast du gesagt?« Jenny konnte nicht glauben, wie gefasst Nele war. Sie hatten jetzt bestimmt eine Anzeige wegen Einbruchs oder unbefugten Betretens oder sonst was am Hals. Jenny war zu nervös gewesen, um dem Polizisten richtig zuzuhören. Sie hätte sich am liebsten augenblicklich heulend unter ihrer Bettdecke verkrochen.

»Was wohl mit Sascha ist?« Nele lenkte eindeutig ab. Warum beantwortete sie ihre Frage nicht? Jenny konnte sich nicht vorstellen, dass Sascha etwas damit zu tun hatte, was Hanna zugestoßen war. Aber anscheinend war er der Polizei bereits bekannt und er hatte ja auch versucht abzuhauen. Sascha war nicht unsympathisch, im Gegenteil, aber irgendwas stimmte mit diesem Jungen nicht.

»Ich gehe nachfragen. Kommst du mit?«, fragte Nele auffordernd.

Wieder da reinzugehen war eigentlich das Letzte, das Jenny wollte. Aber Nele war bereits aufgestanden und bewegte sich auf das Gebäude zu. Und alleine bleiben war keinesfalls die bessere Option. Also gingen sie zusammen zurück in die Polizeiwache. Nele erkundigte sich nach Sascha, doch der Mann am Empfang fand ihn nicht im System, egal was er auf seinem PC eingab. »Ist noch nicht drin. Keine Ahnung.«

Nele ärgerte sich und stieß einen knurrenden Laut aus, der niedlich, aber trotzdem sauer klang.

Sie wollten das Gebäude gerade wieder verlassen, als sie Saschas Stimme hörten: »Hey, Ladys! Hier bin ich!« Er hob beide Arme und strahlte sie triumphierend an. »Und jetzt ganz schnell weg hier.«

Sobald sie draußen waren, wollte Jenny wissen, was Sascha der Polizei erzählt hatte. Und es klang wie aus einer Anwaltsserie: »Ich hab denen erzählt, dass wir uns zufällig vor der Praxis getroffen haben, die Tür offen stand und uns das komisch vorkam. Wir haben uns Sorgen gemacht und nachgesehen. Und dann kam eben die Polizei. Das war's doch. Der Kerl hat zwar nachgebohrt, warum wir da alles abfotografiert haben, aber da hab ich einfach die Klappe gehalten und mit meinem Anwalt gedroht. So was in der Art habt ihr denen doch hoffentlich auch erzählt. Oder?«

»So was in der Art, ja.« Nele hatte also alles richtig gemacht. Na, toll. Jenny hatte ja nichts von einer geheimen Absprache gewusst. Sie wurde nervös, als Sascha sie fragend ansah.

»Na ja, äh. Also so ähnlich halt, irgendwie«, stammelte sie leise.

»Heißt?«

»Im Prinzip hab ich ihnen die Wahrheit erzählt.«

»Wie, die Wahrheit?« Jenny konnte an Saschas Tonfall erkennen, dass sie einen Fehler gemacht hatte.

Trotzdem blieb sie, wie sie es auch eben bei der Polizei getan hatte, bei der Wahrheit. »Dass du die Tür geknackt hast, wir da rein sind, um uns Hannas Sachen genauer anzusehen und Beweise zu sammeln, weil wir den Täter finden wollen.«

Nele lachte, Sascha fasste sich verzweifelt an den Kopf. »Du Schaf! Ach nee, Ziege! Was sollen wir denn bloß mit dir machen?« Er klang nicht wirklich sauer, schien jedoch sehr erleichtert darüber, auf freiem Fuß zu sein. »Aber schön, dass ihr es inzwischen auch so seht, dass wir den Täter finden müssen. Die haben sich eben da drin über uns lustig gemacht. Habt ihr das mitgekriegt? Mag ja sein, dass wir nicht so sind wie normale Menschen. Aber was ist schon normal?«

»Amen!«, seufzte Nele. »Außerdem sollen die mal versuchen, mit kaum bis gar keinem Schlaf auszukommen. Da wird man früher oder später verrückt.«

Jenny wusste genau, was Nele meinte. Zu wenig Schlaf, und man war ein anderer Mensch. Ein Zombie. Sie wollte zu gerne wissen, unter welchen Schlafstörungen die beiden litten, aber sie hatte schon einmal gefragt und keine Antwort bekommen.

»Und Ladys? Habt ihr eure Sachen wieder?«

»Ja, aber die haben alle Fotos von meinem Handy gelöscht.«

»Von meinem auch.« Jenny wollte es nicht zugeben, aber die Sachen in Hannas Praxis zu fotografieren hatte sich falsch angefühlt, und eigentlich war sie froh, diese Last wieder los zu sein.

»Kein Problem«, sagte Sascha lachend. »Da kann ich nur sagen: Ein Hoch auf die Cloud! Ich hab alles in meine hochgeladen. Heißt, ich kann alles wiederherstellen.«

Und was genau sollte das jetzt heißen? Jenny hatte das mit diesen Clouds und Servern und Laufwerken und sowieso diesem ganzen Computerkram, den ihr Bruder so liebte, noch nie kapiert.

»Und wohin jetzt?«, wollte sie wissen. Sie konnten nicht zu Jenny gehen. Sascha würde mit Sicherheit das halbe Inventar ihres Elternhauses mitgehen lassen.

»Wartet.« Nele blieb stehen und hob die Hand. »Am Rosentalgartenweg 17a.«

»Und da wohnt wer?«

»Da wohnt Finn. Der Patient, der Hanna vermutlich als Letzter gesehen hat.«

Finn. Was für ein schöner Name, dachte Jenny.

18. Phil

Es war lange her, dass Phil eine Frau in diesem Sinne nicht mehr aus dem Kopf ging. Und zwar in dem Sinne, dass er sofort mit ihr schlafen wollte. Diese warmen gelbbraunen Augen, die welligen, glänzenden dunklen Haare, ganz abgesehen von den Kurven. Als sie sein Büro verlassen hatte, hatte er ihr die ganze Zeit auf ihren knackigen Hintern starren müssen. Aber ihr Po hatte auch zurückgestarrt! Es war eine ganz magische Art von Anziehungskraft.

Nele Weller. Coole Frau. Sie hatte nicht viel gesagt und trotzdem auf jede Frage plausibel geantwortet. Nur bei der Frage, warum sie und die anderen Hannas Akten fotografiert hatten, hatte sie sich in Widersprüche verstrickt. Irgendwie mochte er sie auf Anhieb, was bei ihm selten vorkam. Nur leider hatte Phil die Befürchtung, dass sie sich am Ende als eine Psychobraut entpuppen würde. Die wirkten am Anfang immer supertoll und normal, nett und sexy, und dann verwandelten sie sich in schizophrene Biester.

Trotzdem ärgerte Phil sich darüber, wie er heute aussah. Wieso hatte diese Nele ihn nicht an einem Tag zu sehen bekommen, an dem er kein zerknittertes Hemd trug und morgens wenigstens geduscht hatte? Dann erinnerte er sich wieder daran, dass es einen ganz anderen Grund gab, sich Sorgen zu machen: Er hatte diesen Sascha Lorenz laufen lassen.

Phil hatte seine wahnwitzige Geschichte erst nicht geglaubt und gedacht, dass er bloß Zeit schinden wollte. Aber er hatte die Sache überprüft, und was der Junge ihm erzählt hatte, stimmte tatsächlich. Doch er war sich nicht sicher, ob nicht vielleicht genau das bedeutete, dass Sascha ein Motiv gehabt hatte, Hanna zu töten.

19. Sascha

Sascha war dabei, sich mehr und mehr in ein Gebilde aus Lügen zu verstricken, und langsam war es zu spät, noch mit der Wahrheit rauszurücken.

Er war mit Nele und Jenny auf dem Weg zu anscheinend dem einzigen Patienten, bei dem Hanna Hausbesuche gemacht hatte. Dieser Finn wohnte so abgelegen, dass man weder mit dem Bus noch mit der Bahn dorthin kam. Und ein Auto besaß keiner von ihnen. Sascha überlegte, eins zu knacken und kurzzuschließen. Vielleicht hätte Nele den Spaß sogar mitgemacht. Aber Jenny bestimmt nicht. Der Schock darüber, dass die Polizei sie heute verhaftet hatte, war ihr immer noch anzumerken, und auch Sascha wusste, dass er sich noch mehr Stress mit den Bullen eigentlich nicht erlauben konnte. Also standen sie ratlos am Busbahnhof, bis Nele einen Taxifahrer fragte, was die Fahrt zum Rosentalgartenweg kostete.

»Das müssen Sie das Taxameter fragen, junge Frau. Aber ich schätze mal so fünfzig, sechzig Euro.«

Nele wandte sich ihnen zu. »Und?«

Sascha hatte nur noch zehn Euro und ein bisschen Kleingeld in der Tasche. Die geklauten Kreditkarten war er auf der Flucht vor dem Karohemd-Bullen losgeworden. »Wenn ihr zahlt.«

»Na ja, ich hab erst ab nächsten Monat wieder einen Job, also bin ich gerade nicht unbedingt gut bei Kasse.«

Jenny lächelte und ging aufs Taxi zu. »Kein Problem. Ich übernehme das.« Sie sah den Taxifahrer an. »Geht das auch mit Kreditkarte?« Sie zückte ein großes, kitschiges Portemonnaie, und Sascha war sich nicht sicher, ob es ein Plagiat oder tatsächlich original Prada war. Sascha hätte es ihr stehlen können. Aber er hatte Jenny gern, und sie hatte es nicht verdient, beklaut zu werden. Der Taxifahrer nickte, und sie stiegen ein.

»Aber vorsichtig fahren, bitte«, bat Jenny.

Was war eigentlich mit diesem Mädchen los? Sascha mochte schräge Vögel, und Jenny war eindeutig nicht ganz dicht. Sie war total liebenswert, wirkte aber irgendwie die ganze Zeit wie in Trance. Nicht wie auf Droge. Aber trotzdem machte sie einen abwesenden Eindruck, als ob sie in einer anderen Welt unterwegs wäre. Sie wirkte schüchtern, fast ängstlich, schwach und erschöpft, so als ob ein Luftzug sie wegwehen könnte. Sie hatte etwas Gruseliges an sich. Die ideale Besetzung für ein Geistermädchen in einem Horrorfilm. Man hätte sie dafür nicht mal schminken müssen, blass genug war sie schon. Aber richtige Angst konnte man vor ihr nicht haben.

Sascha genoss es sehr, die Kleine etwas zu ärgern und aufzuziehen. Sie ließ sich einfach so gut verarschen, und ein wenig Spaß konnte sie, so wie sie aussah, bestimmt mal gut gebrauchen. Und er wettete auch, dass sie mega untervögelt war, aber dabei konnte er ihr nicht helfen. Sie war einfach nicht sein Typ.

Nele saß vorne im Taxi und sah gedankenverloren aus dem Fenster. Sascha merkte, wie Jenny ihn musterte, aber wenn er sie ansah, versuchte sie unauffällig wegzusehen. Manchmal lächelte sie ihn auch kurz an und sah dann weg.

Sascha fiel auf, dass er lange nicht mehr mit anderen Leuten unterwegs gewesen war. Er war ein Einzelgänger und hatte sich bisher nur selten auf jemanden eingelassen. Aber mit den beiden unterwegs zu sein war cool.

Sie gaben ihm nicht das Gefühl, unerwünscht zu sein. Sie waren freiwillig mitgekommen und wollten ihm dabei helfen, denjenigen zu finden, der Hanna quasi totgeprügelt hatte. Sascha würde diesen Finn augenblicklich kaltmachen, wenn sich rausstellen sollte, dass er etwas damit zu tun hatte.

»Die Herrschaften. Da sind wir«, hüstelte der Taxifahrer und schnäuzte anschließend in ein bereits gelb verfärbtes Taschentuch.

Sascha sah sich um. Sie waren an vielen Feldern und Wäldchen vorbeigefahren und befanden sich jetzt in einer sehr ruhigen, ländlichen Gegend. Langeweile pur. Oder Idylle pur. Kam eben drauf an, was für ein Typ man war. Finn war also ein Langweiler und wohnte in einem kleinen, freistehenden Bungalow mit einem gepflegten, ordentlichen Vorgarten. Kurzer grüner Rasen, ein paar Pflänzchen und ein weißer Holzzaun. Die Häuser in dieser Straße standen weit auseinander, dahinter lag ein Wald. Ein perfekter Ort, um unterzutauchen.

Jenny bezahlte den Fahrer, wobei Sascha sah, dass sie mehr als eine Kreditkarte besaß. Sie stiegen aus und gingen zur Haustür. Schon von weitem kam ihnen der Krach entgegen: Jemand in dem Haus spielte Schlagzeug. Nicht besonders gut, aber laut. Zu klingeln würde wenig Sinn machen. Nele versuchte es trotzdem.

Nichts geschah.

Sie schellte mehrmals, aber die Musik dröhnte weiter nach draußen. Nele klopfte fest an die Tür, doch das Schlagzeug schepperte weiter. Sie warteten eine Pause ab, und als es drinnen kurz leise wurde, hämmerten Nele und er gleichzeitig gegen die Tür.

Nichts tat sich. Drinnen blieb es still.

Sascha beobachtete den Spion an der Tür. Noch schien Licht von innen hindurch. Doch plötzlich verdunkelte sich der Spion, was bedeutete, dass jemand dahinter stand und sie ansah. Wahrscheinlich war es dieser Finn. »Hey! Mach die Tür auf.« Sascha klopfte noch mal.

»Wer seid ihr?«, rief eine dunkle, aber verunsichert klingende Stimme aus dem Inneren des Hauses.

Nele übernahm das Reden. »Patienten von Hanna. Ihr ist was passiert. Sie liegt im Krankenhaus. Sie war gestern als Letztes bei dir, und daher wollten wir mal mit dir reden.

»Warum?«

»Ob dir vielleicht was aufgefallen ist oder so.«

»Nö. War alles wie immer. Gute Besserung an Hanna. Danke für die Info. Also danke und tschüss.«

Wenn dieser Affe nicht gleich die Tür aufmachte, dann würde Sascha sie eintreten. »Sie liegt im Koma, du Penner!«, brüllte Sascha durch die geschlossene Tür. »Da ist nichts mit gute Besserung! Ich geb dir gleich danke und tschüss!«.

Keine Antwort. Dann ging das Schlagzeugspiel drinnen noch eine Prise lauter weiter.

Jetzt reichte es. Wenn der Kerl sie nicht reinließ, bitte schön. Sascha kam überall rein, wo er wollte. Die Polizei hatte ihm zwar sein Schlüsseldienstwerkzeug abgenommen, aber es gab auch noch andere Wege.

20. Finn

Was sollte das denn? Die sollten bloß wieder abhauen! Finn prügelte auf sein Schlagzeug ein.

Er hatte tagelang nicht spielen können, weil all seine Sticks unter seinem brutalen Stil dermaßen gelitten hatten, dass sie gebrochen waren. Erst heute war das Paket mit den neuen Stöcken angekommen. Er hatte also weder Lust noch Zeit, mit irgendwem zu reden. Erst recht nicht mit irgendwelchen schlafgestörten Patienten von Hanna, die er nicht kannte und die anscheinend Sherlock Holmes spielen wollten. Dass Hanna im Krankenhaus lag, tat ihm leid. Er würde ihr Blumen schicken.

Piep, piep, piep.

Und dann, zum ersten Mal seit Finn hier wohnte, ging seine Alarmanlage los und übertönte sein Schlagzeugspiel.

Piep, piep, piep.

Er hielt sich die Ohren zu und sah sich um. Schutz oder eine Waffe suchen? Verstecken oder angreifen?

Piep, piep, piep.

Definitiv verstecken. Aber wo? Vielleicht unterm Bett? Da war kein Platz. Da lag der Grund dafür, dass er das Haus seit Jahren nicht mehr verließ.

Piep, piep, piep.

Vielleicht im Keller?

Piep, piep, piep.

Auf einmal stand ein fast zwei Meter großer Junge vor ihm und schrie ihn an: »Mach gefälligst das Teil aus!«

Piep, piep, piep.

Finn erstarrte. Ein Fremder. In seinem Haus. Wie kam er hier so einfach rein? Erst spürte Finn einen kalten Luftzug. Dann sah er den großen Stein, der sonst seinen Vorgarten zierte, die Scherben und die eingeschlagene Fensterscheibe in der Küche.

Der große Fremde ging zur Tür, öffnete alle drei Sicherheitsschlösser und ließ die beiden Frauen herein, die eben mit ihm vor seiner Tür gestanden hatten. Die eine war klein, blond und trug eine Brille, die andere war der vollbusige, schmollmündige Typ Sexbombe, auf den die meisten Männer standen, Finn aber nicht. Solche Frauen schüchterten ihn ein. Und dann war da noch dieser große Kerl mit der roten Kappe, der ihn erneut anschrie: »Mach das Scheißteil aus!«

Piep, piep, piep.

Finn ging in den Flur, tippte schnell den Code ein, und die Alarmanlage verstummte. Er griff zum Telefon, das unter dem System der Alarmanlage auf einer Kommode stand und klingelte. Es war die Sicherheitsfirma, die die Polizei erst alarmierte, wenn Finn bei einem Alarm nach zwei Minuten das Telefon nicht abhob. Und selbst wenn er ans Telefon ging, musste er ein Codewort nennen. Ansonsten wusste die Firma, dass etwas nicht stimmte. Finn hatte keinen Bock auf die Bullen, aber er konnte auch nicht einschätzen, ob von den Fremden eine Gefahr ausging. Einer von ihnen war immerhin bereit gewesen, bei ihm einzubrechen. Allerdings wirkte der Kerl noch sehr jung. Maximal zwanzig. Bewaffnet schienen sie auch nicht zu sein.

Finn hörte den Security-Menschen am anderen Ende der Leitung fragen: »Ist bei Ihnen alles in Ordnung, Herr Flatschke?«

»Das heißt Flierdtschken!« Finn war sich selbst nicht sicher. »Moment bitte.« Er starrte die Gruppe an. Die eine Frau war fast so groß wie er und hatte volles, lockiges Haar. Die andere war klein und zierlich. Sie sah ziemlich süß, wenn auch sehr müde aus. Ein Mädchen, das Finn früher auf jeden Fall angesprochen hätte. Heute wusste er gar nicht mehr, wie das ging. Aber die Frauen, die er sich, wenn die Lust ihn überkam, nach Hause bestellte, erwarteten auch nicht, dass man mit ihnen flirtete. Sie wollten einfach nur bezahlt werden. In bar.

»Hallo? Alles in Ordnung bei Ihnen? Sollen wir die Polizei schicken?«

»Danke, ich glaube, das ist nicht nötig.«

»Wie lautet das Passwort, bitte?«

»Ochsenpimmelchen.« Der Mann legte auf, und Finn stellte das Telefon wieder auf die Ladestation. »Was seid ihr denn für Spinner? Hast du sie eigentlich noch alle, meine Scheibe einzuschlagen?«

»Selbst schuld, wenn du nicht aufmachst.« Der große Junge reagierte völlig gleichgültig.

»Geht's noch?«

»Tut uns wirklich leid«, sagte die Süße, »aber es ist wirklich ganz, ganz dringend. Es ist was ganz, ganz Schlimmes mit Hanna passiert.«

»Und was geht mich das an?«

»War sie gestern Abend hier?«, wollte die vollbusige Brünette wissen.

»Erstens geht das euch nichts an, zweitens wüsste ich nicht, warum ich nicht die Bullen rufen sollte«, eigentlich wusste Finn es doch, »und drittens könnt ihr direkt wieder gehen. Tschüss.« Er deutete auf die Haustür.

Statt zu gehen, setzte sich der große Junge mit der Kappe ans Schlagzeug und nahm Finns Drumsticks. Seine neuen Sticks! Er betätigte mit dem Fuß die Bass Drum und entdeckte die Snare. Und schon jetzt ahnte Finn, dass dieser Kerl mehr Rhythmusgefühl hatte als er selbst. Finn wusste, dass er kein begnadeter Musiker war. Aber wenn er regelmäßig auf sein Schlagzeug einprügelte, ließ ihn das besser schlafen. Es war seine Art, sich abzureagieren. Hanna hatte es ihm vorgeschlagen.

»Was ist mit Hanna?«

»Warum beantwortest du nicht erst mal die Frage?« Der Junge schlug mehrmals aufs Becken.

Die Süße übernahm wieder das Wort. Sie sprach leise und vorsichtig, wie ein verschüchtertes Kind: »Jemand ist bei ihr eingebrochen und hat sie angegriffen. Es sieht nicht gut aus. Ganz, ganz schlecht besser gesagt.«

Der lange Kerl unterbrach sie. »Was heißt denn hier schlecht? Sie ist hirntot! Da kann man nichts mehr machen. In dreißig Tagen werden die Geräte abgestellt, und dann war's das!«

»Aber es gab doch auch schon Fälle, wo die Leute wieder aufgewacht sind«, protestierte sie schwach.

Dass die Kleine an Wunder glaubte, machte sie Finn direkt sympathisch. Aber dass sie ihn scheinbar für den Täter hielten, fand er gar nicht amüsant. »Und ihr denkt, ich wäre das gewesen?«

»Nein!«, schrie sie förmlich, und Finn glaubte der Süßen, dass sie ihn nicht verdächtigte. Die anderen beiden sahen ihn aber dafür umso misstrauischer an. Dabei waren sie es, die sich wie Verbrecher verhielten. Sie waren bei ihm eingebrochen!

»Vielleicht. Vielleicht auch nicht. Wir sind hier, um genau das herauszufinden.« Der Typ am Schlagzeug hatte Finn im Visier. Die dunkelhaarige Frau kam auf ihn zu und streckte ihm versöhnlich die Hand entgegen: »Ist schon alles etwas seltsam, ja. Hi, ich bin Nele.«

»Finn.« Sie hatte einen festen, warmen Händedruck.

»Wissen wir. Also, Finn. Hallo, Sascha mein Name. Und jetzt mal Klartext: War Hanna gestern Abend hier?«

Finn wollte viel lieber den Namen der Süßen erfahren als den des hochgewachsenen Rüpels. »Ja, sie war hier und ist quicklebendig wieder gegangen. Mehr kann ich dazu nicht sagen. Ansonsten war ich hier. Ich bin immer hier. Ok?«

Finn wurde nervös. Es war zu voll. Es waren noch nie mehr als zwei Personen gleichzeitig bei ihm zu Hause gewesen. Und das auch nur, weil er einmal aus seiner Einsamkeit heraus den Fehler gemacht hatte, zwei Zeugen Jehovas reinzulassen, um mit ihnen über Gott zu diskutieren, den es in Finns Augen einfach nicht gab. Die beiden hatten alles gegeben, ihn aber trotzdem nicht vom Gegenteil überzeugen können. Das war das einzige Mal, dass zwei Leute gleichzeitig bei ihm zu Hause gewesen waren. Sonst war es immer maximal nur eine Person. Entweder Hanna oder sein Gärtner. Und jetzt waren es drei! Drei Fremde!

»Was heißt, du bist immer hier?« Die Süße fragte so besorgt und unschuldig, dass Finn nicht lange überlegen musste und die Frage so ehrlich wie möglich beantwortete.

»Immer halt. Ich hab seit über fünf Jahren das Haus nicht mehr verlassen.«

»Was, echt?« Die süße Maus wirkte zwar schockiert, aber in ihrem Blick lag Verständnis.

Anders als bei dem langen Kerl, der Finns Küchenfenster eingeschlagen hatte. »So sieht dein Vorgarten aber nicht aus«, bemerkte er spitz.

Finn war von der Skepsis des Jungen beeindruckt. »Dafür hab ich einen Gärtner. Der kümmert sich auch noch um ein paar andere Dinge für mich, die ich nicht von hier aus machen kann.« Und deshalb war José wahrscheinlich der reichste Gärtner Deutschlands. »Das meiste geht aber übers Internet.«

»Und was für Sachen checkt der sonst noch so für dich, dieser Gärtner? Steht da zufällig auch deiner Psychologin den Kopf einschlagen auf der To-Do-Liste?«

Dinge, die ich euch nicht erzählen werde, dachte Finn. Dinge, die unter meinem Bett liegen.

»Nein. Und ich denke, ihr geht jetzt besser.«

21. Phil

Nele und ihr verdammt heißer Hintern waren Phil immer noch nicht aus dem Kopf gegangen. Die ganze Fahrt über hatte er an sie gedacht. Ob er sie jemals wieder sehen würde?

Er war seinen Kollegen Steffen losgeworden, indem er ihn gebeten hatte, der Sache mit dem Golfschläger nachzugehen, den er in der Nähe des Tatorts gefunden hatte. Steffi ging den Kollegen von der Kriminaltechnik gerade bestimmt ordentlich auf die Nerven und spielte *CSI Miami* nach oder wie diese ganzen Krimi-Serien hießen. Für Phil sahen die alle gleich aus.

Phil würde die nächste Befragung alleine durchführen und musste dafür ziemlich weit raus aufs Land fahren. Er hatte von diesem Kaff noch nie etwas gehört. Phil hatte sich extra nicht angekündigt. Er wollte sehen, wie dieser Kerl reagierte, wenn die Polizei vor seiner Tür stand. An der ersten kleinen Geste merkte man oft, ob man es mit einem Zeugen oder doch eher einem Verdächtigen zu tun hatte. Mikromimik. Es war dieses kleine, verräterische Zucken im Gesicht.

Dieser Finn Flierdtschken lebte wirklich verdammt weit draußen und ziemlich einsam. Er wohnte in einem Bungalow und hatte einen gepflegten Vorgarten. Phil saß im Wagen, qualmte eine Zigarette und sah sich die Gegend an. Nicht viel los. Alle Gebäude hatten Flachdächer und waren eingeschossig. An das Haus des Patienten grenzte eine Garage. Was für ein Auto der Kerl wohl fuhr? Und ob sich dort Blutspuren finden würden? Am liebsten hätte Phil das Haus augenblicklich auf den Kopf gestellt und den Wagen durchsucht, doch der Mann war noch lange kein Verdächtiger. Vermutlich war er nur der, der Hanna zuletzt gesehen hatte. Vermutlich. Aber was, wenn nicht?

Phil warf die Zigarette aus dem Fenster und trat sie aus, als er aus dem Wagen stieg. Er ging durch den Vorgarten zum Haus und klingelte. Es war kein Namensschild an der Türschelle.

»Wer ist da?«, rief jemand aus dem Inneren.

»Herr Flierdtschkawitz?«

»Flierdtschken heißt das!«

Phil hatte es noch nie mit Namen. »Herr Flierdtschken, Phil Zander, Polizei. Hätten Sie mal kurz Zeit?«

»Ehrlich gesagt, nein. Es ist alles in Ordnung! Die Alarmanlage ist aus Versehen losgegangen.«

Wieso machte der Typ die Tür nicht auf? Und was faselte der da von Alarmanlage? »Würden Sie mal bitte die Tür öffnen?«

»Ja, gleich, sofort. Einen kleinen Moment noch.«

Phil hörte, dass sich hinter der Tür mehrere Personen befanden. Er vernahm Getuschel und wie eine Frauenstimme fragte, ob er ein Karohemd trug. Wer war da noch drin? Es rumpelte kurz, dann öffnete ein Mann Ende zwanzig die Tür einen kleinen Spalt und sah Phil verstohlen an. »Wie kann ich Ihnen helfen?«

Finn Flier-was-auch-immer war vielleicht einen Meter und fünfundsiebzig groß. Er war schlank und drahtig, hatte dunkles langes Haar, buschige Cowboy-Augenbrauen und einen trotzigen Blick. Er erinnerte Phil an den jungen Sean Penn.

»Dürfte ich reinkommen?«

»Lieber nicht. Wie kann ich Ihnen denn helfen?«

»Das sollten wir vielleicht besser drinnen besprechen. Komme ich ungünstig? Haben Sie Besuch?«

»Nein, ich bin allein.«

Und da war es. Dieses Zucken im Gesicht! Phil sah es genau.

»Ach, so. Ich dachte nur.« Noch gab Phil sich freundlich.

»Was dachten Sie?«

»Ich dachte, ich hätte Stimmen gehört.«

»Tja, das denken viele. Würde ich mal mit zum Arzt gehen.«

Was für ein Scherzkeks. Phil hörte die Stimmen schon wieder. »Hören Sie das nicht?«

»Nein, wieso? Ich höre nichts.« Seine Augenbraue zuckte schon wieder. Lügner.

Phil hatte ein ausgesprochen gutes Gehör und war sich sicher, dass sein Gegenüber ihn gerade verarschte. »Ich komme jetzt rein.« Phil spannte seine Schultermuskulatur an, machte sich groß und ging einfach an Finn vorbei ins Haus. Rechtlich gesehen durfte Phil das zwar genau genommen nicht, aber das war ihm ziemlich egal. Er war noch nie der Typ gewesen, der sich kleinlich genau an Regeln hielt.

Also, wo kamen diese Stimmen her? Im Wohnzimmer war niemand. Phil ging auf die Schlafzimmertür zu.

»Nicht da rein!«, rief der Dunkelhaarige ihm panisch nach und kam angerannt, aber da hatte Phil die Tür zum Schlafzimmer schon geöffnet.

Nichts. Ein Schrank, ein Bett, zwei Körbe mit Wäsche. Phil verließ das Zimmer, und der Mann zog die Tür sofort wieder zu. Wieso wollte dieser Finn nicht, dass er sein Schlafzimmer betrat? Vermutlich versteckte er dort seine Drogen oder Pornos. Aber der Sache konnte er jetzt nicht nachgehen.

Phil hatte etwas gehört, ganz sicher.

Ein Zimmer weiter lag das Bad. Er öffnete die Tür und – Bingo! Er entdeckte die Quelle der Stimmen. Und der Haufen kam ihm sehr bekannt vor. »So schnell sieht man sich also wieder.«

22. Nele

Nele hatte sich schon gefragt, ob und wann sie ihm nochmal begegnen würde. Aber sie hatte nicht damit gerechnet, den attraktiven Cop im Karohemd so schnell wiederzusehen. Und die Umstände waren ein wenig beziehungsweise total beschissen.

Nele stand mit Jenny und Sascha in Finns Badewanne, und Sascha schaffte es nicht schnell genug, den Vorhang zuzuziehen. Der Polizist lachte, und Nele gefiel der warme Klang, den sein Lachen hatte. Hätte sie diesen Kerl nicht irgendwo abends in einer Bar treffen können?

Er seufzte. »Da bin ich jetzt aber wirklich mal gespannt auf die Erklärung zu diesem Szenario. Vom Bauchgefühl her würde ich Sie alle am liebsten auf der Stelle verhaften. Den ganzen Haufen. Sie auch.« Er sah zu Finn, der total angespannt wirkte und angefangen hatte, im Gesicht zu schwitzen.

»Ich hab keine Ahnung, wie die dahinkommen.«

»Sie wollen mir jetzt erzählen, dass Sie nicht wissen, wie diese drei Personen in Ihre Badewanne gelangt sind – bei einem Badezimmer ohne Fenster?«

»Ja«, behauptete Finn mit fester Stimme.

»Wollen Sie sich das vielleicht noch mal überlegen?«

Nele stieg aus der Badewanne, Jenny war wie steifgefroren, und Sascha dachte gerade eindeutig darüber nach, ob er den Polizisten angreifen sollte. Er sah sich um, als würde er eine Waffe suchen und ernsthaft überlegen, den Föhn zu nehmen.

»Lass das!«, zischte Nele ihn leise an. Die Situation war ausweglos, keine Frage, aber das würde zu weit gehen. Mal ganz davon abgesehen, dass Nele den Polizisten am liebsten augenblicklich geküsst hätte. Was wohl ihr schlafendes Ich mit ihm anstellen würde? Es würde wie in einem Porno zugehen, so viel war klar.

Sascha grummelte und stieg ebenfalls aus der Wanne, ging an Phil vorbei und setze sich im Wohnzimmer auf die Couch. Finn stand bloß fassungslos da und sah ihn an. Jenny war immer noch starr vor Angst. Sascha hatte sie mit diesen Ziegen oder Schafen verglichen, die einfach in eine Schreckstarre verfielen, wenn Gefahr drohte. Nele fand diesen Vergleich wirklich passend. Sie ging ins Wohnzimmer zu Sascha und Phil.

Respekt vor der Staatsgewalt hatte Sascha keinen, dafür aber eine große Klappe. »Dürfen Sie denn überhaupt hier drin sein? Ich meine, haben Sie 'nen Durchsuchungsbeschluss oder so was? Nö, oder? Also könnte unser lieber Finn Sie hier doch auch einfach rausschmeißen. Richtig?«

»Über Richtig und Falsch diskutiere ich mit dir bestimmt nicht. Du kannst froh sein, dass du überhaupt noch auf freiem Fuß bist.« Und Nele meinte zu hören, dass Phil noch leise »du Klugscheißer« murmelte. »Keine Sorge, ich bin gleich wieder weg. Aber vorher hätte ich noch ein paar Fragen. Bezüglich Hanna Felder. Jetzt mal ehrlich, was ist das für eine Veranstaltung hier?«

Jenny und Finn kamen dazu, als Nele versuchte, es irgendwie verständlich zusammenzufassen: »Wir sind alle Patienten von Hanna und machen uns Sorgen um sie. Das war es auch schon. Wir wollten und wollen dabei helfen, den Täter zu finden.«

»Und Sie alle sind befreundet und kennen sich über Hanna?«

»Eigentlich kennen wir uns erst seit heute.«

»Und jetzt haben Sie sich aus Sorge um Ihre Therapeutin zusammengetan?« Polizist Phil war eindeutig skeptisch und wusste nicht, was er davon zu halten hatte. Trotzdem hatte Nele das Gefühl, dass er sie mochte. Er sah sie an, als wollten seine Blicke sie ausziehen. Und sie hatte die Befürchtung, dass ihre Augen gerade das Gleiche mit ihm taten. Jedenfalls fiel es im Moment wohl nicht nur Nele schwer, sich zu konzentrieren.

»Genau«, bestätigte Nele also seine Frage.

»Genau was?«

»Aus Sorge.«

»Na ja. Ich kann Ihnen ja nicht verbieten, sich zu treffen, aber befragen müsste ich Sie trotzdem.« Phil sah zu Finn, der einverstanden war und mit dem Polizisten in die Küche ging. »Was ist denn mit Ihrem Fenster passiert?«

»Vor Kurzem hat so ein Vollidiot versucht, hier einzubrechen«, hörte man noch von Finn, bevor die Tür zufiel. Und er klang richtig angepisst.

Kaum hatte sich die Küchentür geschlossen, wollte Sascha sich beratschlagen. »Und? Was haltet ihr von Finn?«

»Der war es niemals.« Nele glaubte Finn, dass er das Haus seit Jahren nicht mehr verlassen hatte. Auch nicht, um jemanden zu töten. Oder? Auf der anderen Seite war das natürlich eine perfekte Art von Alibi. Wenn man es glaubte, was Nele tat, aber dieser Phil bestimmt nicht tun würde. Zumindest schätzte sie ihn so ein.

Und schon ertappte sie sich dabei, wie sie viel zu viel über ihn nachdachte. Nele verbot es sich jedes Mal aufs Neue, wenn sie sich verknallte, und tat es trotzdem immer wieder. Sie malte sich aus, wie Phil dachte, wie eine Beziehung mit ihm sein würde, ja sogar einzelne Szenen stellte sie sich ganz detailliert vor. Zum Beispiel einen Spaziergang am Strand: Sie barfuß, ihre Sandalen – dabei hasste Nele Sandalen – in der Hand, er geht zum

Wasser und spritzt sie nass, sie albern herum, lachen, er küsst sie und geht ganz plötzlich auf die Knie. Dann der Antrag, der Neles Freundinnen zu Tränen rühren würde, wenn sie ihnen davon berichtete. Und erst die Hochzeit! Und ihre süßen, wunderbaren Kinder! Das alles hatte sie bildlich vor Augen, oft schon vor dem ersten Date. Oder sogar vor dem ersten Wort. Manchmal reichte ein Foto, und das Kopfkino ging los. Nele wusste, dass das ein Fehler war, aber sie konnte es einfach nicht abstellen. *Verdammte Hormone!*

Als Phil schließlich ging, warf er Nele einen Blick zu, bei dem es sofort zwischen ihren Schenkeln kribbelte. Das hieß wohl, sie sollte sich heute Nacht besser ans Bett ketten.

23. Sascha

Endlich war der Polizist wieder weg. Sascha hatte für heute echt genug Bullen gesehen. Dieser Phil Zander hatte ihn voll auf dem Kieker. Sie waren immer noch bei Finn, der Typ war ein Freak, aber in Ordnung. Jedenfalls war er voll nett zu ihrer kleinen, verschreckten Jenny. Die beiden passten irgendwie ganz gut zusammen in ihrer Schrägheit. Sie waren fast schon süß, und Sascha fand bis auf Skateboard fahrende Vogelbabys eigentlich nichts süß.

Und da Sascha keinen von ihnen für den Täter hielt, mussten sie endlich weitermachen. Er stellte mit Hilfe der Cloud die Fotodateien auf seinem Smartphone wieder her, schickte Finn die Daten, und sie druckten alles aus. Finn hatte eine ganz feine-PC Abteilung am Start. Außerdem hatte er eine echt fette Anlage und megageile Boxen. Dazu einen Fernseher, der eher eine Kinoleinwand war, alle denkbaren Konsolen und Regale voller Spiele. Ein Paradies, dachte Sascha. Finn musste scheiße viel Kohle haben. Oder die ganzen Sachen waren geklaut. »Womit macht man eigentlich Geld, wenn man nie rausgeht?«, fragte er.

»Vielleicht habe ich erstens im Lotto gewonnen, zweitens viel geerbt oder drittens das Gefühl, dass dich das nichts angeht.«

Sascha tippte auf drittens, und Finn grinste. »Apropos nichts angeht«, sagte Sascha. »Jenny! Da fällt mir ein, was ich dich noch fragen wollte. Kanntest du den Typen eigentlich, der euch da heute Morgen vor Hannas Praxis angebrüllt hat?«

»Sascha!« Nele strafte ihn mit dem gleichen Blick, mit dem sie ihn auch davon abgehalten hatte, dem Bullen den Kopf mit dem Föhn einzuschlagen.

Jenny nahm es ihm aber nicht übel und beschwichtigte Nele sofort. »Ist schon okay. Du weißt es ja eh schon, Nele.«

»Ja, aber ich hätte echt auf das Vergnügen verzichten können, ihn kennenzulernen. Kann ich mir gar nicht vorstellen. Du mit dem.«

»Mit WEM, verdammt?« Sascha hasste es, auf die Folter gespannt zu werden. »Komm schon Jenny, jetzt schieb nicht die Ziege, bitte.«

»Warum Ziege?«, wollte Finn wissen.

Was mischte der sich denn jetzt ein? »Geht dich ja eigentlich nichts an. Aber Jenny ist unsere Schockziege. Oder Schaf. Bin mir nicht sicher.«

Sascha hörte Nele auflachen, dann erklärte sie es für Finn: »Es gibt wohl, meint Sascha, so schottische oder irische Schafe oder Ziegen, die vor Schreck ohnmächtig werden, und da Jenny manchmal wirkt wie in Schockstarre, hat er ihr diesen Spitznamen verpasst.«

Finn schüttelte den Kopf. »Also erstens sind das Ziegen. Zweitens kommen die aus Amerika, und drittens handelt es sich dabei um eine Erbkrankheit. So eine Art Muskelerkrankung, deshalb kippen die bei Aufregung sofort um und werden starr. Die Viecher heißen Myotonic-Goats. Von Myotonie, so heißt die Krankheit. Und die sind übrigens auch kleiner als normale Ziegen.«

»Wie süß«, kommentierte Jenny, warum auch immer.

Und Finn merkte an, dass er schon mal darüber nachgedacht hatte, sich eine Ziege als Haustier anzuschaffen und sie dann Berta zu nennen.

Wieder sagte Jenny: »Süß.«

Was war bloß los mit diesen Menschen?

Damit hatte Finn sich in und dazu quasi noch vor Saschas Augen selbst den Freak-Stempel verpasst. »Woher weiß man so was? Nee warte, erst will ich wissen, wer der Typ war, der die Mädels angebrüllt hat!« Sascha stand sich selbst im Weg. Er hatte Bock, mit Finn zu diskutieren und zu streiten. Gefühlt war das die richtige Umgangsform zwischen ihnen. Er konnte ihn nicht ab und Finn ihn auch nicht. Aber auf einer gewissen Ebene verstanden sie sich, denn sie machten keinen Hehl daraus, dass sie sich nicht mochten. Außerdem durfte man nicht vergessen, dass er Finns Küchenfenster eingeschlagen hatte. Sie hatten also keinen sonderlich guten Start gehabt. Sascha fühlte sich von Finn herausgefordert. Aber es war besser, jetzt nicht darauf einzugehen. Sascha ließ sich einfach zu schnell ablenken.

Finn antwortete trotzdem: »Weil ich erstens Ziegenexperte bin, zweitens Genforscher oder drittens, weil ich fast das ganze Internet durchgeguckt hab. Heißer Tipp: Ich bin jeden Tag zu Hause und davon mehr als fünfzig Prozent online.«

»Okay, schön. Glückwunsch, du Ziegenhirte.« Warum auch nicht? Sascha hatte einen Großteil seines Wissens aus Dokus und Anwaltsserien. Finn aus dem Internet. Und er wusste eben was über Ziegen. Wunderbar. Dann passte er ja zu ihrer kleinen Schreckziege, von der Sascha jetzt endlich mal eine Antwort haben wollte: »Hast du auch 'nen Gen-Defekt geerbt, Jenny? Oder kannst du vielleicht mal antworten?«

Jenny nahm ihre Brille ab und putzte die Gläser mit dem Ärmel ihrer Strickjacke. Als sie die Brille wieder aufsetzte, waren die Gläser allerdings noch verschmierter als vorher. Sie nahm ihre Brille wieder ab und legte sie neben der Couch ins Regal. »Das war mein Exfreund. Es ist ziemlich unschön zu Ende gegangen, versteht ihr?

Und die Trennung ist auch noch nicht so lange her. Erst ein paar Wochen. Er lässt mich einfach nicht in Ruhe. Ich bin viel zu lange bei ihm geblieben. Aber er will oder kann mich einfach nicht loslassen.« Sie wischte sich über die Augen, als würde sie schon mal ihre wahrscheinlich gleich fließenden Tränen vorsorglich wegwischen.

»Im Klartext, er lässt dich nicht in Ruhe. Sag ein Wort, ich kenn da ein paar Typen.« Dabei kannte Sascha solche Typen eigentlich gar nicht. »Die regeln das. Danach hörst du nie wieder was von dem.«

Jenny schniefte und lächelte milde. »Darf ich jetzt auch mal etwas fragen?«

24. Jenny

In dem „Wie finde ich neue Freunde"- Seminar, an dem Jenny teilgenommen hatte, hatte sie gelernt, dass man am besten zunächst etwas Persönliches von sich selbst preisgab, damit der andere Vertrauen gewann und sich dann ebenfalls öffnete und einem private Dinge erzählte. Also legte Jenny einfach los: »Ich weiß ja nicht, ob es euch interessiert, aber ich hatte schon als Kind Schlafstörungen. Eigentlich fast immer. Idiopathische Insomnie nennt sich das. Einige Ärzte vermuteten auch, dass ich mir das nur ausdenke. So wie eine Pseudo-Schlafstörung. Aber wenn man durch eine eingebildete Schlafstörung wirklich nicht schlafen kann, kommt es doch aufs Selbe raus, oder? Na ja, egal. So ist es jedenfalls bei mir. Und ihr? Warum seid ihr bei Hanna in Behandlung?« Jenny wollte es endlich wissen.

Bis auf Finn selbst hatten sie alle gemütlich in seinem Wohnzimmer Platz genommen. Aber er stand immer noch da und starrte auf die Fremdkörper in seinem Haus. Jenny konnte genau verstehen, wie er sich fühlen musste.

Nele antwortete schon wieder kurz und knapp, dass sie schlafwandelte. Sie wich der Frage eindeutig aus, und Jenny spürte, dass mehr dahintersteckte. Dann kam Finn, der keine Probleme zu haben schien, über seine Schlafstörung zu sprechen. Finn war ein ganz anderer Typ als Jennys Exfreunde, und trotzdem fand sie ihn unheimlich anziehend. Sie hatte immer gedacht, auf muskulöse, trainierte Typen zu stehen, weil man das als Frau musste – dachte sie zumindest. Aber Finn hatte etwas an sich, das unglaublich attraktiv war. Er war dünn und hatte schmale, definierte Muskeln, seine dunklen vollen Haare luden dazu ein, darin herum zu strubbeln, auch wenn sie leicht fettig waren. Und Jenny wollte von seinen großen, starken Händen berührt werden. Er hatte buschige, breite Augenbrauen, und dazu kam der verschlafene Blick, der ihn total sexy wirken ließ.

Finn erzählte, dass er nachts ständig aufwachte und Albträume hatte, in denen er von Monstern verfolgt wurde oder in einem Auto ohne Bremsen saß. Was er berichtete, kam Jenny so bekannt vor, dass sie für einen kurzen Moment das Gefühl hatte, er und sie könnten dieselbe Person sein. Er kannte diese diffuse Angst und die Machtlosigkeit. Sie hatte sich noch nie einem Menschen so verbunden gefühlt. Falls doch, dann konnte sie sich im Moment nicht mehr daran erinnern. Sie hatte seit Tagen nicht mehr richtig geschlafen und das Gefühl, dass ein Teil von ihr im Wachzustand abgeschaltet hatte, um den Schlafmangel zu kompensieren.

Sascha wollte mit seinem Therapiegrund zuerst nicht rausrücken. Als er es dann tat, glaubte ihm niemand, und auch Jenny hatte von dieser Schlafstörung noch nie etwas gehört.

»Explodierender-Kopf-Syndrom? Das gibt es niemals!«, sagte Nele lachend. Und Finn pflichtete ihr bei.

»Doch! Gibt es!«, protestierte Sascha.

»Das google ich jetzt.« Finn nahm sein Handy und sah nach. »Tatsächlich. Unglaublich. Exploding-Head-Syndrom. Betroffene werden durch laute Geräusche aus dem Schlaf gerissen, die eigentlich gar nicht da sind. Manche sehen außerdem blendend helle Lichter, als würde nachts ein Auto mit hellen Scheinwerfern auf sie zurasen.«

»Genau! Die Geräusche! Das klingt voll krass! Wie Schüsse oder 'ne Bombenexplosion oder so. Ehrlich.«

Wenn das stimmte, dann tat Sascha Jenny wirklich ganz, ganz schrecklich leid.

Sascha dachte gerade aber anscheinend sowieso nicht an Schlaf. Er machte Druck und wollte, dass sie die Unterlagen durchgingen.

Jenny schaute sich die Ausdrucke an. »Nach was suchen wir denn?«

»Nach was Verdächtigem halt.«

Das war Jenny wirklich keine große Hilfe. Aber bei dem Namen eines Patienten wurde sie dann plötzlich doch hellwach. »Wie hieß noch mal dieser Polizist, der eben hier war? Phil Zander?«

»Ja! Wieso?« Nele antwortete wie aus der Pistole geschossen.

»Weil ich hier ein Foto von seiner Akte habe. Er ist auch ein Patient von Hanna.«

25. Hanna

Phil Zander war tatsächlich einer meiner schlafverhaltensgestörten Patienten. Aber er würde sich, genau wie die anderen, einen neuen Therapeuten suchen müssen. Auch wenn Jenny gerade dabei war, Finn zu berichten, dass sie die Hoffnung, dass ich doch noch aus dem Koma erwachte, nicht so schnell aufgeben würde.

Finn klebte das zersplitterte Fenster in seiner Küche mit einer großen Plastikfolie und Klebeband ab, und Jenny half ihm dabei. Wie eine Assistentin stand sie zufrieden neben ihm und riss ihm Streifen für Streifen von der Panzertape-Rolle ab. Und jedes Mal fragte sie: »Wie lang?«, und Finn gab ihr eine genaue Zentimeterzahl, die Jenny brav mit einem Zollstock abmaß, bevor sie das Stück vorsichtig abriss und ihm übergab.

Was für eine Truppe sich da durch meine Abwesenheit zusammengefunden hatte, fand ich großartig. Die vier kamen auf die irre Idee, Phil wieder herzulocken.

Phils Kollegen wussten nichts von der Therapie. Das war sein wunder Punkt. Und wenn sie ihn dort richtig trafen, konnten sie von ihm wahrscheinlich fast alles verlangen, was sie wollten. Denn die Schlafstörung von Phil war nicht unbedingt vereinbar mit seinem Beruf als Polizeikommissar. Er geriet, genau wie Nele es tat, außer Kontrolle, wenn er schlief. Bei jemandem, der eine Nahkampfausbildung und eine Waffe hatte, war das eine gefährliche Kombination.

Dass Finn den Besuch zuließ und er und Jenny sich so gut verstanden, faszinierte mich. Dass Jenny Finn mögen würde, war klar. Er kam genauso wenig wie sie mit der Welt da draußen zurecht. Selbst aus therapeutischer Sicht waren die beiden sich ähnlich, denn beide waren – wie sie es an der Uni gelernt hatte – Musterbeispiele für Regression. Einen psychischen Abwehrmechanismus, der bei ihnen zeitweilig auftrat, wenn sie mit einer Situation überfordert waren. Bei der Regression verfiel man zurück in kindliche Verhaltensmuster. Es war ein Rückzug. Das ließ sich nicht kontrollieren, die Psyche tat das mit dem Ziel der Angstbewältigung.

Bei Jenny zeigte sich das vor allem durch ihre Weinerlichkeit. Wenn sie nicht mehr weiterwusste, wurde sie zu einem kleinen Mädchen, das gelernt hatte, dass es nur eine Chance auf die Befriedigung seiner Bedürfnisse hat, wenn es weint. Jenny war als Kind und Jugendliche stark vernachlässigt worden. Die gesamte Aufmerksamkeit galt ihrem Bruder, dem Wunderkind, das der Familie Millionen einbrachte. Jenny schenkte man nie große Beachtung. Und sie wurde, im wahrsten Sinne des Wortes, oft vergessen: auf dem Tankstellenklo, in Disneyland, in Disney World, im Einkaufszentrum, im Zug. Die Liste war lang. Ihrem Bruder hingegen wurde die Welt zu Füßen gelegt. Alles drehte sich um ihn. Was Jenny tat, war eigentlich egal. Und so entstand bei ihr das Gefühl, dass es keinen Sinn machte, dass es sie überhaupt gab. Jenny hatte nie gelernt, mit Stress umzugehen, also verhielt sie sich oft naiv und kindlich in den Augen anderer. Man durfte aber nicht vergessen, dass sie sich dann auch genauso fühlte. Wenn was nicht stimmt, erst mal heulen, dann wird bestimmt alles besser – Jenny liebte Lebensratgeber-Leitsprüche, und das hätte ihr Motto sein können. Allerdings ohne es zu wissen, denn die Regression lief unterbewusst ab.

Ähnlich war es bei Finn, der als Kind immer geflüchtet war, sobald es zu Hause laut wurde. Seine Eltern führten, wie man es wohl heute nennen würde, eine Hate-Love-Beziehung. Erst wurde laut gestritten, dann laut gevögelt, dann ging alles wieder von vorne los. Finn verbrachte seine halbe Kindheit versteckt in seinem selbstgebauten Baumhaus. Und auch jetzt hatte er sich aus Angst in seinen eigenen vier Wänden verbarrikadiert. Rückzug und verstecken, in Deckung gehen und die Zeit alle Wunden heilen lassen, hätte Finns unterbewusstes Credo sein können.

Obwohl Finn sich seiner Lage vermutlich weitaus bewusster war als Jenny. So zu leben wie er würde Jenny womöglich sogar gut gefallen. Aber dass Finn freiwillig zu jemandem Kontakt aufbaute und sich öffnete, war selten. Vielleicht würde er ihr sogar verraten, was unter seinem Bett lag. Das wollte er nicht mal mir erzählen, seiner verschwiegenen Therapeutin. Ich ging immer davon aus, dass es entweder etwas wirklich Schlimmes war, wie zum Beispiel eine zerstückelte Leiche, oder aber etwas, von dem Finn sich nur einbildete, man müsse es verstecken, obwohl gar nichts dran war.

Nur würden die vier bald alle Fotos durchgesehen haben. Das war nicht gut für den chronisch missverstandenen Sascha. Und dass er jetzt in einer Misere steckte, war am Ende meine Schuld. Noch glaubte die Gruppe ihm, dass er ein Patient von mir war. Doch in absehbarer Zeit würden sie sehr wahrscheinlich feststellen, dass seine Akte fehlte. Weil es keine gab.

26. Finn

Das war einfach nur eine ganz, ganz beschissene Idee. Ganz, ganz schlecht. Der Vorschlag war Saschas Kopf entsprungen, also warum hatte er sich darauf eingelassen?

Finns Herz raste, als er bei Phil Zander, der ihm seine Visitenkarte dagelassen hatte, anrief und ihn anlog. Finn sagte ihm, er hätte wichtige Hinweise zum Fall Hanna und dass er vorbeikommen müsse, allein. Was hatte er sich dabei gedacht? Was würden sie tun, wenn der Polizist hier ankam?

Auch Jenny war nicht für den Plan gewesen, aber Nele und Sascha hatten es durch ihre überzeugende Art trotzdem irgendwie geschafft, sowohl Jenny als auch Finn zu überstimmen. Obwohl man ja meinen sollte, dass das bei einer geraden Anzahl von Leuten nicht möglich war. Aber wenn davon zwei äußerst dominant und die anderen eher devot waren, ging das eben doch. Finn ärgerte sich, dass er nicht auf seine Meinung bestanden hatte. Er hätte energischer Nein sagen müssen. Aber jetzt war es zu spät. Er hatte das Telefon in der Hand und belog die Polizei! Warum? Scheiße!

Finn legte auf und blickte in drei neugierige Augenpaare. Nele kam ihm etwas nervös vor, aber vielleicht war sie immer so, schließlich kannte er sie kaum. Eine kleine Stimme in seinem Kopf sagte Finn, dass Nele ziemlich scharf darauf war, den Polizisten wiederzusehen. Sie wurde ungeduldig.

»Und? Was hat er gesagt?«

»Er macht sich sofort auf den Weg, hat er gesagt.« Und Finn fürchtete, gerade den zweitgrößten Fehler seines Lebens begangen zu haben.

27. Phil

Phil kam die ganze Sache nicht geheuer vor, als er zum zweiten Mal zu diesem ominösen Finn aufs Land rausfuhr. Warum hingen Hannas Patienten zusammen rum? Um zu trauern? Phil traute keinem von ihnen, auch Nele nicht, da spielte es keine Rolle, wie heiß sie war.

Das ist eine Psychobraut, redete er sich immer wieder ein. Aber was, wenn sie es nicht war? Und schließlich hatte auch er seine Macken. Wenn Phil eins in seinem Beruf gelernt hatte, dann, dass es keine fehlerfreien Menschen gab. Und Phil hatte lang gebraucht zu akzeptieren, dass weder er noch sonst wer auf der Welt perfekt war.

Er war gespannt, was der Typ, der behauptete, sein Haus seit Jahren nicht verlassen zu haben, ihm noch erzählen wollte, das so wichtig war, dass er es nicht am Telefon tun konnte. Schon als Phil aufs Haus zuging, öffnete Finn die Tür. Phil machte einen Schritt hinein und schnellte herum, als er aus dem Augenwinkel etwas auf sich zurasen sah. Es war eine Bratpfanne, geführt von Saschas Hand.

Das war das Letzte, an das er sich erinnerte, bevor er zu Boden ging.

Als er wieder zu sich kam, war er an einen Schlagzeughocker gefesselt und saß mitten im Wohnzimmer. Nele, Jenny und Finn saßen eng zusammen auf der Couch und starrten ihn an. Sascha saß auf der Lehne, erhob sich und kam selbstsicher auf ihn zu.

»So, Herr Zander. Dann unterhalten wir uns mal.«

Er legte ihm ein ausgedrucktes Foto hin, und Phil erkannte erst seinen Namen und dann die Akte. Es war

Hannas Patientenakte über ihn. Fuck! Damit hatten sie ihn an den Eiern.

Phil ging absichtlich nicht zum Polizeipsychologen, sondern zu Hanna, die darüber immer Stillschweigen bewahrt hatte. Wenn Phils Kollegen wüssten, dass er im Schlaf nackt und mit geladener Waffe durch die Straßen marschierte, würden sie ihm seine Marke ganz schnell wegnehmen. Dass weder die Presse noch einer seiner Kollegen bisher auf ihn aufmerksam geworden war, war pures Glück. Phil liebte seinen Job und durfte nicht riskieren, dass seine Schlafverhaltensstörung ans Licht kam. Er wollte nicht als männliche Politesse enden.

»Sie sind also auch ein Patient von Hanna«, stellte Sascha fest. »So, so. Und da übernehmen Sie ihren Fall? Schon komisch.«

»Was ist daran komisch?«

»Das muss ich Ihnen als Polizist ja wohl nicht erklären. Oder?«

Damit hatte der kleine Mistkerl leider recht. Und wenn in der Dienststelle ankommen würde, dass er ein Patient von Hanna war, würde er vom Ermittler zum Zeugen und womöglich zum Verdächtigen werden. Das durfte nicht passieren.

»Na schön«, sagte Phil seufzend. »Was wollt ihr?«

28. Finn

Finn schätzte, dass er nicht der Einzige im Raum war, der das Gefühl hatte, dass Nele mit dem Polizeikommissar flirtete. Zumindest guckte sie ihn sehr interessiert an. Zu interessiert. Sie wollte seine Fesseln lockern, aber Sascha war dagegen.

Sascha führte eine Art Verhandlung, die Finn stark an eine schlechte Anwaltsserie erinnerte. Sascha forderte, dass der Kommissar sie mit in die Ermittlungen einbezog und über alles informierte. Phil Zander wehrte sich und argumentierte, dass das gesetzlich nicht ging. Doch er stimmte letztendlich zu, als Sascha ihn damit erpresste, seine Akte publik zu machen. Alles war so schnell gegangen, dass Finn jetzt erst realisierte, in was er da hineingeraten war. Sie hatten einen Polizisten angegriffen! Fuck! Dafür konnte man in den Knast wandern.

Und das Letzte, das Finn brauchte, war, dass die Behörden auf ihn aufmerksam wurden. Wieso hatte er sich von den anderen mitreißen lassen?

Nur eine gute Sache konnte er dem Ganzen noch abgewinnen. Jenny. Sie war so süß, so zerbrechlich. Finn hatte Frauen und Liebe längst abgeschrieben. Klar hatte er übers Internet etliche Weiber kennengelernt, aber nur in den seltensten Fällen hatten sie ihn zu Hause besucht. Die meisten Frauen wurden skeptisch, wenn er sie einlud. Sie bestanden immer drauf, sich an einem öffentlichen Ort zu treffen, und damit war Finn raus. Aber er konnte die Mädels verstehen, die nicht einfach so einen fremden Mann zu Hause besuchten. Hätte er eine Tochter, würde er sich von ihr auch so viel Vernunft erhoffen.

Doch manche der Damen taten es trotzdem. Ohne darüber nachzudenken, dass Finn ein Psychokiller sein könnte, betraten sie lächelnd sein Haus. Und einige brachten sogar eine Flasche Wein oder ein Sixpack Bier als Gastgeschenk mit. Doch sobald er ihnen erklärte, dass er das Haus nie verließ, sahen sie zu, dass sie das dafür umso schneller wieder taten.

Finn ertappte sich dabei, dass er Jenny anstarrte. Sie bemerkte es aber nicht, weil sie völlig gebannt den gefesselten Polizisten anschaute.

Phil Zander wirkte relativ gefasst, aber sein Tonfall war gereizt: »War es das dann jetzt?«

Statt ihn endlich loszubinden, setzte Sascha noch einen drauf: »Eine Bedingung hab ich noch.«

29. Nele

Sascha forderte, dass Phil sie mit zurück in die Stadt nahm, was Nele zwar etwas zu viel fand, aber mehr Zeit mit Phil zu verbringen, störte sie nicht. Im Gegenteil. Sie wollte am liebsten gar nicht mehr von seiner Seite weichen. Leider musste er sie für absolut durchgeknallt halten und wollte mit Sicherheit nichts mit ihr zu tun haben. Sie hatten ihn k. o. geschlagen, gefesselt und erpresst. Kein besonders guter Start für eine Beziehung.

Jenny war anzumerken, dass sie nicht zurück in die Stadt wollte. Davon abgesehen, dass sie höllische Angst vor ihrem Exfreund hatte, dem sie dort wahrscheinlich eher begegnen würde als hier in der Pampa, mochte sie Finn, und Finn mochte sie. Auch, wenn es den beiden noch nicht wirklich klar zu sein schien, war es ihnen einfach anzusehen. Jenny erklärte, dass sie heute lieber nicht allein bleiben wollte, und Finn bot ihr direkt an zu bleiben.

Nele hoffte, dass Finn sich benehmen würde und keine Hintergedanken hatte, denn Jenny wirkte auf sie nicht wie der Typ Frau, der schnell mit jemandem ins Bett stieg. Allerdings konnte sie sich da auch irren. Stille Wasser waren ja bekanntlich tief. Nele hatte schon oft Frauen getroffen, die zwar aussahen wie Kirchenmäuse, sich aber nach ein, zwei Drinks als wilde Partyschlampen entpuppt hatten. Und dann gab es wieder die Frauen, die viel Haut zeigten, offenherzig und locker mit Männern umgingen und den Eindruck erweckten, leicht zu haben zu sein. Die dann aber beleidigt waren, wenn ein Kerl davon ausging, dass sie sofort mit ihm ins Bett hüpften, und erst mal erobert werden wollten, und das ganz im Stil einer Liebesromanze made in Hollywood. Nele zählte zu keiner dieser beiden Kategorien. Mal ließ sie sich schnell auf jemanden ein, mal wartete sie ab. Sie machte das immer von ihrem Bauchgefühl abhängig.

Sascha, Phil und sie verließen Finns Bungalow, gingen zum Wagen und fuhren zurück in die Stadt. Sascha saß hinten, und Phil beobachtete ihn im Rückspiegel. Er hatte kaum Augen für Nele, die neben ihm saß und sich beherrschen musste, nicht einfach hinüberzufassen und sein Bein zu streicheln. Sie war froh, dass der Schaltknüppel im Weg war und somit eine magische Grenze markierte.

Sie erreichten die Stadt, und Phil fragte, wo er sie absetzen sollte. Und Nele hoffte, dass ihr Blick ihm verraten würde, dass sie unbedingt einen Moment mit ihm allein sein wollte.

30. Sascha

Wieder allein. Der Bulle hatte Sascha direkt am Ortseingang der Stadt abgesetzt. Und darauf bestanden, Nele bis vor die Haustür zu fahren. Er war bestimmt geil auf sie. Da Sascha aber keine Haustür hatte, vor der man ihn hätte absetzen können – denn ohne Zuhause keine Haustür –, und er momentan nicht wusste wohin, entschied er, erst mal durch die Stadt zu streifen, denn irgendwas ergab sich immer.

Er ließ seine Gedanken schweifen. Mit dem Cop an Bord hatten sie gute Chancen, den Kerl, der für Hannas Zustand verantwortlich war, zu finden. Und Sascha nahm sich vor, den Täter noch vor den Bullen zu kriegen. Er hatte eine Rechnung mit ihm zu begleichen, und die Cops würden mit Sicherheit viel zu gnädig mit dem Wichser umgehen.

Finns abgelegenes Häuschen war eine gute Basis für ihre Mission. Nur kam man dort sehr schlecht hin. Sascha brauchte einen Wagen.

Es wurde dunkel. Sascha würde ein Auto klarmachen. Wie wusste er noch nicht genau, aber er hatte ja die ganze Nacht Zeit. Und er liebte die Nacht, sie war sein Freund. Im Gegensatz zum Rest der Truppe hatte er ja auch mit dem Schlafen kein Problem. Was er diese Nacht vermutlich aber trotzdem nicht tun würde, denn ihm stach ein Ford Mustang ins Auge, der gerade in einer Seitenstraße einparkte.

31. Jenny

Alleine mit Finn zu sein fühlte sich gut an. Jenny war froh, so weit weg von ihrem Elternhaus zu sein, wo ihr Alex fast jeden Tag aufgelauert hatte, seit sie dort nach der Trennung wieder eingezogen war. Vielleicht würde er sie auch hier finden, aber nicht so schnell.

Finn hatte eine Flasche Wein aufgemacht und Jenny über ihr Leben ausgefragt. Es hatte ihr schon lange niemand mehr so interessiert zugehört. Seine Augen leuchteten, als Jenny von ihrer Arbeit im Blumenladen berichtete. Sie redeten über Albträume und darüber, wie es war, schon vor dem Einschlafen Angst zu haben. Finn half das Schlagzeugspielen, und er animierte sie so lange, bis Jenny tatsächlich mit den Holzstöcken in der Hand hinter den Trommeln saß. Und zwar auf dem Hocker, auf dem Kommissar Zander noch vor wenigen Stunden festgebunden gewesen war.

Was hatten sie sich bloß dabei gedacht? Finn war auch dagegen gewesen, aber Sascha war unglaublich durchsetzungsstark. Was auch etwas Gutes hatte, denn jetzt kannte Jenny Finn – und fand ihn absolut wunderbar.

Er sah sie an, wie keiner es sonst tat, gab ihr das Gefühl, wichtig zu sein. Außerdem roch er gut, und Jenny fühlte sich in seiner Nähe, als wäre sie in der Lage, alles zu schaffen. Auch Schlagzeugspielen. Doch als sie es ausprobierte, klang es, als würde jemand laut polternd eine Treppe runterfallen.

Finn stellte sich hinter sie und nahm vorsichtig ihre Hände. »Warte, ich zeig es dir. Die Sticks müssen ganz locker in der Hand liegen.«

32. Finn

Ganz ruhig, Finn. Cool bleiben. Sein Penis war bei Jenny genau auf Nackenhöhe. Er durfte jetzt bloß keine Erektion kriegen. Finn konzentrierte sich.

Er wollte Jenny umarmen, küssen und alles andere auch, aber er durfte sie nicht verschrecken. Er mochte sie, er würde ihr niemals auch nur ein Haar krümmen. Keine Ahnung, was ihr Exfreund mit ihr angestellt hatte. Noch hatte er sich nicht getraut, genauer nachzufragen. Vielleicht würde sie es ihm freiwillig verraten, wenn er ihr sein Geheimnis auch anvertraute. Funktionierten Menschen nicht schon von Beginn an so? Ich zeig dir meins, du zeigst mir deins.

Niemand wusste, was unter seinem Bett lag, warum er das Haus nicht verließ, warum sein Leben war, wie es war. Jenny war die erste Person, die in ihm das Bedürfnis weckte, es zu erzählen. Er konnte aber nicht einfach so damit rausplatzen.

Er ließ sie noch ein wenig am Schlagzeug üben, allerdings hatte Jenny noch weniger Talent als er. Was ihn beruhigte. So konnte er wenigstens etwas angeben.

Es war bereits nach Mitternacht, und Finn schlug vor, den Versuch zu wagen, etwas zu schlafen. Auch wenn er lieber die ganze Nacht mit ihr durchgemacht hätte. Er hätte noch stundenlang mit ihr quatschen können, aber Jenny sah so erschöpft aus, dass sie bestimmt jede Sekunde Schlaf gebrauchen konnte. Finn bot ihr an, im Bett zu schlafen. Er würde die Couch nehmen. Er war noch nie einer von der aufdringlichen Sorte gewesen. Natürlich hätte er lieber mit Jenny in einem Bett geschlafen. Allein, um nah bei ihr zu sein. Sie im Arm zu halten wäre schon der absolute Knaller. Ein kleiner Gutenachtkuss der Hammer! Aber davon war Finn noch weit entfernt. Dachte er zumindest.

Doch Jenny lehnte sein Angebot ab und schlug vor, gemeinsam in Finns Bett zu schlafen. Sie mochte es nicht besonders gern, allein zu schlafen, und verkaufte es ganz unschuldig, von wegen, dass sie ja zu zweit vielleicht keine Albträume hätten.

Quatsch. Jenny wollte ihm also genauso nah sein wie er ihr. Jackpot! Aber sollte er ihr vorher erzählen, was er unter seinem Bett versteckte? Er hatte es bisher niemandem erzählt, doch Jenny war etwas Besonderes und würde sein Geheimnis sicherlich für sich behalten.

Sie gingen ins Schlafzimmer. Finn lieh Jenny ein großes T-Shirt mit einem verwaschenen »Red Hot Chili Peppers«-Aufdruck, das er vor über acht Jahren mal bei einem Konzert gekauft hatte. Jenny ging ins Bad, kam umgezogen zurück und schlüpfte unter seine Bettdecke. Er wollte nicht, dass sie sich in irgendeiner Art und Weise bedrängt fühlte, und legte sich in größtmöglichem Abstand neben sie. Doch Jenny kuschelte sich sofort an ihn heran. Sie hielten Händchen unter der Decke, und er küsste sanft ihre Stirn. Sie murmelte leise, dass sie sich bei ihm sehr wohlfühlte, und Finn überkam das Bedürfnis, ihr die Wahrheit zu erzählen.

»Soll ich dir sagen, warum ich das Haus seit Jahren nicht mehr verlassen habe?«

Sie sah ihn überrascht an. »Klar, wenn du willst.«

»Okay, dann … Komm, ich zeig es dir.«

Er löste seine Hand aus ihrer und setzte sich aufs Bett. »Weißt du, ich hab mich schon früher immer versteckt, sobald es zu Hause Stress gab. Damals hatte ich ein Baumhaus. Ich konnte die Strickleiter hochklettern und sie dann einfach ins Baumhaus ziehen. Und keiner konnte mehr zu mir hoch. Ich war absolut sicher in meiner Festung. Manchmal bin ich tagelang dort oben gewesen.«

»Und hier, in deinem neuen Baumhaus, sind es jetzt schon über fünf Jahre.«

Jenny verstand also, was er meinte. Finn stellte die Füße auf den Boden, griff zwischen seine Beine und zog die zwei großen blauen Plastiksäcke unter dem Bett hervor.

33. Phil

Als Phil wach wurde, stand er nackt in seiner Diele und war gerade dabei, seine Wohnungstür aufzuschließen. *Puh!* Er war noch rechtzeitig wach geworden und beruhigt, dass er diesmal anscheinend ohne Waffe hatte losziehen wollen, was er üblicherweise schlafwandelnd tat. Manchmal wachte er auch nackt auf seiner Terrasse auf, seine Pistole fest umklammert. Er hatte von Nele geträumt, aber was genau, wusste er nicht mehr. Sich wieder ins Bett zu legen machte keinen Sinn. Jetzt war er wach. Wach, nackt und geil.

Trotzdem würde er dem Bedürfnis, sich einen runterzuholen, jetzt nicht nachgeben. Der Fall von Hanna beschäftigte ihn zu sehr. Er war mit ihr immer super klargekommen. Sie war eine sehr engagierte Therapeutin gewesen, bei der man sich nie irre vorkam, egal, was man erzählte. Aber vielleicht gab es Patienten, die das anders sahen.

Wo sollte Phil nach dem Täter suchen? Bei ihren Patienten oder in ihrer Familie und in ihrem Freundeskreis? Phil konnte sich nicht vorstellen, dass ein völlig Fremder sich in ihr Haus geschlichen und sie attackiert hatte. Zumal Hanna keine Golfschläger besaß und das vermutlich die Tatwaffe war. Der Täter war also mit der Absicht, Hanna zu töten, in ihr Haus gekommen und hatte die Tatwaffe mitgebracht. Es war eine geplante Tat gewesen. Wer also hatte Hanna töten wollen? Wer hatte ein Motiv? Morgen würde er ihrem Lebensgefährten auf den Zahn fühlen. Michael Kunze.

Aber was sollte er mit Nele, Jenny, Sascha und Finn anstellen? Konnte er dieser Gruppe trauen? Sie hatten ihn k.

o. geschlagen, gefesselt und erpresst. Kriminelle Energien brachten sie also zur Genüge mit. Aber reichten die aus, um einen Mord zu begehen? Oder wusste Hanna vielleicht etwas über einen von ihnen, das nicht ans Licht kommen durfte? So wie es bei Phil selbst auch der Fall war. Hätte Hanna gedroht, die Polizei über sein gestörtes Schlafverhalten zu informieren, hätte er ein Eins-A-Motiv gehabt.

Er würde morgen zuerst in der Kriminaltechnik nach dem aktuellen Stand fragen. Und er war mit Nele verabredet, auch wenn es leider kein Date war.

Phil kramte sein Bügelbrett hinter dem Schrank hervor und nahm das letzte gewaschene Hemd vom Wäscheständer, der mitten im Schlafzimmer stand.

34. Finn

Finns Herz pochte so schnell und wild, dass seine Brust sich verkrampfte und wehtat. Jenny sah ihn neugierig an und wollte wissen, was er in den blauen Plastiksäcken unter seinem Bett versteckte. Er öffnete sie und zeigte Jenny den Inhalt.

In den Säcken hatten sich mal fast zwei Millionen Euro in kleinen Scheinen befunden. Jetzt waren es noch knapp anderthalb Millionen, den Rest hatte er schon ausgegeben. Er hatte das Haus gekauft, ein paar Möbel und das Schlagzeug. Er bezahlte seinen Gärtner sehr gut und kaufte sich regelmäßig neue Spielkonsolen und Games. Es war aber immer noch eine ungeheure Summe übrig, die er Jenny gerade zeigte.

Doch sie setzte sich ganz gelassen aufrecht hin und zuckte sowohl ratlos als auch unbeeindruckt mit den Schultern: »Deshalb verlässt du das Haus nicht? Deshalb schläfst du nicht? Bloß wegen Geld?«

»Na ja. Nicht wegen des Geldes. Eher deshalb, warum ich es habe.«

35. Nele

Nele fand sich mitten in der Nacht in der U-Bahn wieder, als ein Kontrolleur sie unsanft weckte und den Fahrschein sehen wollte. Natürlich hatte sie keinen. Sie konnte sich ja nicht mal mehr daran erinnern, überhaupt zur U-Bahn-Station gelaufen zu sein. Sie war top gestylt und trug unter ihrem karierten grauen Mantel nur ein rosafarbenes Negligee. Sie hätte sich ohrfeigen können. Stattdessen gab sie dem Kontrolleur ihren Namen und ihre Adresse, bekam ein Ticket über vierzig Euro Bußgeld und musste aussteigen.

Sie lief über eine halbe Stunde nach Hause. Auf Stöckelschuhen – zum Kotzen! Aber kein Wunder. Phil hatte sie nach Hause gefahren, und sie hatten noch fast eine Stunde in seinem Wagen gesessen und sich unterhalten. Er hatte ihr erzählt, dass er auch ziemlich heftig schlafwandelte. Dass sie sexschlafwandelte, hatte Nele zwar nicht erwähnt, aber schon, dass sie ein anderer Mensch war, wenn sie schlief. Und Phil schien das zu kennen.

Nele erinnerte sich nicht mehr daran, was geschehen war, nachdem sie ins Bett gegangen war. Sehr wohl erinnerte sie sich aber an ihren Traum, und sie wunderte sich, dass kein Sex darin vorgekommen war. Sie hatte angenommen, dass sie im Schlaf von erotischen Abenteuern mit Phil phantasieren würde. Doch sie hatte davon geträumt, dass sie mit Phil bei einem Juwelier war und sie Eheringe aussuchten. So etwas hatte sie noch nie geträumt! Als Tagtraum vielleicht, aber ihr schlafendes Ich war normalerweise nicht besonders romantisch veranlagt. Nele war zwar im Nutten-Outfit in eine U-Bahn gestiegen, aber geträumt hatte sie nicht von Sex. Und das war doch schon mal ein Fortschritt! Für Nele allemal, auch wenn sie wusste, dass andere Leute wahrscheinlich alles darum gegeben hätten, solche Sexträume zu haben wie sie. Das würde der ein oder anderen untervögelten, frustrierten Hausfrau garantiert die Nächte versüßen, aber Neles Leben wurde dadurch eher erschwert.

Als sie zu Hause ankam, blieb sie direkt wach und setzte Kaffee auf. Wohl wissend, dass ihr schlafendes Ich nachts gerne Ausflüge unternahm, hatte sie einen Zweitschlüssel zu ihrer Wohnung mit einer Rückholschnur im Briefkasten versteckt. Jedes Mal den Schlüsseldienst zu rufen war zu teuer geworden.

Es war kurz nach fünf. Sie hatte sich mit Phil für zwölf Uhr mittags vor dem Präsidium verabredet. Es blieb ihr also genug Zeit, sich zu überlegen, was sie anziehen sollte.

Noch 29 Tage …

36. Phil

Phil kam bei der Arbeit an, und Steffen ging ihm direkt auf die Eier, weil er einen von Hannas Nachbarn verdächtig fand, der für die Tatzeit kein Alibi vorweisen konnte.

»Er spielt Golf!«, rief Steffen. »Hallo? Der Golfschläger! Die Kollegen von der Kriminaltechnik sind zwar noch dran, aber das ist bestimmt die Tatwaffe. Außerdem war ein Rechtsmediziner bei dem Opfer im Krankenhaus. Und der hat auch gesagt, dass die Wunden von Hanna Felder zu der flachen Seite des Kopfes des Putters, also des Golfschlägers, passen.«

»Mag sein. Aber hat dieser Nachbar auch ein Motiv?« Phil hatte kaum geschlafen und war dementsprechend gelaunt. Er hatte heute einen Termin mit Hannas Eltern und mit ihrem Partner, Michael Kunze. Und danach mit Nele, die der einzige Grund war, warum er heute ein gebügeltes Hemd trug.

Phil machte sich auf den Weg zu den Vernehmungsräumen und bat Steffen im Gehen, noch mal bei der Kriminaltechnik Druck zu machen. Er musste hundertprozentig wissen, ob der Golfschläger die Tatwaffe war. Steffen gab keine Ruhe. Er wollte unbedingt diesen Nachbarn unter die Lupe nehmen. Phil hielt ihn nicht davon ab. An jeder Spur konnte etwas dran sein. Und auch wenn Steffen ihm auf die Nerven ging, hatte er meist einen guten Riecher.

Hannas Eltern erwarteten Phil bereits, als er den Raum betrat. Sie waren kaum vernehmungsfähig und so aufgelöst, wie liebende Eltern es bei einer Tragödie wie dieser eben waren. Ihr eigenes Kind würde vermutlich vor ihnen sterben, nämlich in neunundzwanzig Tagen, wenn die lebensverlängernden Maßnahmen abgestellt werden würden. Phil hielt die Vernehmung kurz, fragte nur, wann sie ihre Tochter zuletzt gesehen hatten und ob sie vielleicht eine Ahnung hatten, wer ihrer Tochter etwas Derartiges hätte antun können. Er verabschiedete sie im Flur und nahm direkt Michael Kunze in Empfang.

Obwohl seine Freundin im Krankenhaus lag, hatte der Kerl noch die Muße gehabt, seine Haare mit Gel vollzuklatschen und sich bis zur Geruchsblindheit zu parfümieren. Seine Fingernägel sahen aus, als hätte er vor Kurzem eine professionelle Maniküre bekommen. Phil konnte solche Modeltypen nicht ab.

Sie gingen in denselben Vernehmungsraum, in dem Phil eben noch mit Frau und Herrn Felder gesessen hatte. Im Gegensatz zu ihnen wirkte Michael Kunze sehr aufgeräumt und sprach klar verständlich. Phil traute ihm nicht, vor allem, da er ihm direkt zu Beginn des Gesprächs sein Alibi präsentierte.

»Ich werde mir mein Leben lang vorwerfen, dass ich nicht da war. Wieso musste ich ausgerechnet vorgestern nach der Arbeit noch meine Mutter besuchen? Und wieso bin ich danach zu mir nach Hause gefahren und nicht zu Hanna? Vielleicht hätte ich es noch verhindern können!«

Genauso wie liebende Eltern ehrlich trauerten, gaben sie ihren Kindern auch voller Liebe Alibis. Eine Mutter durfte sogar vor dem Gesetz für ihren Sohn lügen, ohne sich strafbar zu machen. Die Mama-Besuch-Behauptung war also kein Grund für Phil, diesem Kerl zu glauben.

»Hatte ihre Lebensgefährtin denn eventuell Feinde?«

»Nein, auf keinen Fall. Hanna doch nicht. Jeder hat sie geliebt.«

»Hat sie geliebt? Noch ist sie nicht tot.«

»Aber laut den Ärzten ist die Wahrscheinlichkeit, dass Hanna wieder aufwacht, gleich null. Sie müssen entschuldigen, ich stehe immer noch unter Schock und bin in meiner grammatikalischen Ausdrucksweise momentan nicht sonderlich versiert.«

Von wegen unter Schock! Phil hatte schon genug Menschen gesehen, die unter Schock standen, und Michael Kunze gehörte definitiv nicht dazu. Aber noch hatte Phil keine Beweise, die ihn belasteten, also musste er höflich bleiben. »Gut, dann will ich Ihnen auch nicht allzu lange die Zeit stehlen, Herr Kunze. Ich hätte nur noch eine Frage. Spielen Sie Golf?«

»Ja, warum?«

37. Nele

Nele hatte sich für eine enge Jeans und eine locker sitzende weiße Bluse entschieden. Schlicht, aber sexy. Es sagte nicht: Fick mich. Aber es sagte auch nicht: Fick mich nicht. Sie wartete vor dem Polizeirevier auf Phil und war aufgeregt, obwohl das hier ja kein richtiges Date war. Er würde sie über den Stand der Ermittlungen informieren, weil sie ihn dazu erpresst hatten. Aber trotzdem schaffte Nele es nicht, den Gedanken aus ihrem Kopf zu vertreiben, dass sie ihn würde küssen wollen, wenn sie ihn sah.

Sie schaute zum Haupteingang, und jemand, der ihr bekannt vorkam, verließ das Gebäude. Und dann erkannte sie ihn. Es war Michael. Dieser miese Dreckskerl.

38. Jenny

Jenny lächelte, als sie aufwachte. Sie hatte seit langer Zeit endlich mal mehrere Stunden am Stück geschlafen und konnte sich nicht mehr daran erinnern, ob und wenn, was sie geträumt hatte. Finn hatte Frühstück gemacht. Eier, Speck, Toast. Jenny kam sich vor wie in einem Hotel. Die letzte Nacht war wunderschön gewesen. Ganz, ganz wunderschön. Finn war sehr zärtlich und liebevoll gewesen, ihre Körper hatten sich direkt verstanden. Jenny konnte ihr Grinsen seitdem nicht mehr abstellen.

Wie Finn an sein Geld gekommen war, konnte sie ihm verzeihen angesichts der Tatsache, dass er seitdem in ständiger Angst lebte. Er war ziemlich erstaunt gewesen, dass ihr seine Drogen- und Gangster-Vergangenheit keinen Schrecken einjagte. Finn war der Laufbursche gewesen, hatte Drogen vertickt und Fahrten erledigt. Und war bei einer dieser Fahrten eben einfach mal so über zwei Millionen gestolpert. Statt sie zu ihrem Besitzer zu bringen, hatte Finn sich mit der Kohle abgesetzt und versteckte sich seitdem vor der – wie Jenny es verstand – Mafia. Auch wenn Finn dieses Wort nicht in den Mund genommen hatte.

Anfangs hatte Jenny nicht kapiert, wie er es schaffte, seine Geldgeschäfte zu regeln. Es ließ sich ja nicht alles in bar zahlen, und für die meisten Angelegenheiten, die übers Internet liefen, brauchte man ein Konto. Da kam Finns Gärtner ins Spiel, der sich um weitaus mehr als seinen Vorgarten kümmerte: Sein Gärtner nahm das Bargeld und zahlte in regelmäßigen Abständen etwas davon auf Finns Konto ein, über das er eine Vollmacht besaß. Finn vertraute diesem Mann wirklich sehr, was wahrscheinlich vor allem daran lag, dass er ihn für seine Dienste fürstlich entlohnte. José war mit Sicherheit der bestbezahlte Gärtner der Welt. Aber dafür sah der Vorgarten auch wirklich schön gepflegt aus.

Jenny setzte sich an den Frühstückstisch und entdeckte eine Uhr über dem Fenster. Allerdings konnte sie die Uhrzeit kaum entziffern. »Hast du zufällig meine Brille gesehen? Ich hab sie hier gestern irgendwo abgelegt.«

»Nee. Die taucht aber bestimmt wieder auf. Wie blind bist du denn ohne?«

»Geht so. Also, ich erkenne die Uhr da, aber nicht die Uhrzeit.«

»Kurz vor zwölf.«

»Unmöglich. Fast zwölf? Wie lang hab ich denn bitte geschlafen?«

»Lange. Aber ich wollte dich nicht wecken.« Finn gab ihr einen Kuss auf die Stirn und stellte ihr einen Pfannkuchen vor die Nase. »Ich hab mir in der Zeit noch mehr Akten angeguckt, und eine Sache ist mir aufgefallen. Ihr habt ja Hannas ganzen Kalender abfotografiert. Da stehen alle Termine von ihr drin. Mit dir, mit mir, mit den anderen, sogar mit dem Polizisten.«

»Phil.«

»Genau. Aber da steht kein einziger Termin mit Sascha, und noch hab ich auch kein Foto von seiner Akte gefunden.«

»Du meinst, er ist gar nicht Hannas Patient?«

»Kann doch sein, oder?«

»Aber warum sollte er das denn dann behaupten?« Jenny war fassungslos.

»Keine Ahnung. Er hat doch auch erzählt, dass er diese komische Schlafkrankheit hat, wo sich sein Kopf anfühlt, als würde er explodieren.«

»Aber diese Schlafstörung gibt es doch wirklich!«

»Trotzdem kauf ich dem das nicht ab. Außerdem sieht er gar nicht so unausgeschlafen aus wie wir anderen alle. Er lügt, da bin ich mir sicher. Und dass Sascha nicht ganz dicht ist, merkt man doch! Vielleicht hat er Hanna das angetan.«

Jenny konnte sich das nicht vorstellen. »Und warum sollte er den Fall dann unbedingt lösen wollen? Und uns dann auch noch bitten, ihm zu helfen?«

»Na, vielleicht ganz einfach, weil er nicht mehr richtig sauber tickt. Fest steht, dass er keine Termine bei Hanna hatte. Oder wieso sollte sie nur seine Termine nicht in ihren Kalender eintragen?«

Jenny musste Finn Recht geben. Da stimmte etwas nicht.

39. Phil

Phil war zu spät dran. Es war schon zehn nach zwölf, als er das Präsidium verließ. Und er musste eigentlich direkt zum nächsten Termin.

Die Kriminaltechnik hatte inzwischen bestätigt, dass es sich bei dem Golfschläger um die Tatwaffe handelte. Das Blut daran stammte von Hanna Felder. Sonst hatten die Kollegen aber leider nur verwischte und nicht mehr verwertbare Fingerabdrücke gefunden. Phil hatte den Verkäufer des Golfschlägers ermittelt. Da es ein besonderes Stück war, eine exquisite Sonderanfertigung, graviert für einen gewissen Bernhard, konnte man das Teil zurückverfolgen. Phil wollte sich so schnell wie möglich auf den Weg zu dem Laden des Mannes machen, der den Golfschläger graviert und verkauft hatte.

Als er sich draußen umsah, entdeckte er Nele schnell. Sie stand einige Meter abseits und sah umwerfend aus. Dann erkannte Phil, mit wem sie sich unterhielt. Woher kannte Nele Hannas Freund Michael? Phil beobachtete, wie sie sich zum Abschied kurz unbeholfen umarmten. Dann sah Nele ihn und wirkte erschrocken, weil ihr wohl bewusst wurde, dass er das ganze Szenario aus dem Hintergrund beobachtet hatte.

Michael stieg in ein Taxi. Phil ging langsam auf Nele zu, die ihn verführerisch anlächelte. Schon war er wieder unsicher. War sie jetzt eine coole Sau oder eine Psychobraut?

Phil redete gar nicht erst um den heißen Brei herum, als er sie begrüßte. »Darf ich fragen, woher ihr euch kennt? Das ist Michael Kunze, Hannas Lebensgefährte, aber ich nehme mal an, das weißt du schon.«

»Ja. Das weiß ich seit vorgestern, um genau zu sein. Deshalb habe ich wieder angefangen zu rauchen.« Nele steckte sich eine Zigarette an und bot ihm eine an. Phil griff zu und ließ sich von ihr Feuer geben.

»Dann erzähl mal.«

»Ist eine lange Geschichte.«

»Okay. Kannst du mir ja dann auf der Fahrt erzählen.« Er zog seinen Autoschlüssel aus der Hosentasche.

Nele war eindeutig irritiert. »Welcher Fahrt?«

»Ihr wolltet doch unbedingt Teil der Ermittlungen sein. Also, los geht's.«

40. Nele

Nele stieg zu Phil in einen alten Sportwagen, von dem sie sich gestern schon gefragt hatte, ob es sein Privat- oder sein Dienstwagen war. Sie tippte auf Ersteres. Nele wollte wissen, wohin die Fahrt ging. Doch statt ihr zu verraten, wohin sie fuhren, hakte Phil sofort nach, woher sie Michael kannte.

Nele wollte Phil die Story nicht erzählen, aber sie wusste, dass sie keine Wahl hatte. Also packte sie aus: »Michael ist mein Exfreund. Um ehrlich zu sein, sogar mein Exverlobter. Wir waren drei Jahre zusammen, nach zwei Jahren hat er mir einen Antrag gemacht und dann, letztes Jahr, hat er mich von heute auf morgen verlassen und für eine andere sitzen lassen. Für Hanna. Aber das wusste ich zu dem Zeitpunkt noch nicht. Ich war da schon bei ihr in Behandlung. Er selbst hat sie mir sogar empfohlen! Der Sack! Die beiden haben eine Affäre hinter meinem Rücken angefangen und sind dann zusammengekommen. Und Hanna hat mich weiter behandelt und nichts gesagt! Ich hab mich schön bei ihr über Michael ausgekotzt und ausgeheult, und sie hat Verständnis geheuchelt.«

Phil wandte kurz den Blick von der Straße, um Nele anzusehen. »Und vorgestern hast du dann davon erfahren?«

»Ja, durch Zufall. Ich hab einen alten Schulfreund von Michael getroffen, und der ist wohl davon ausgegangen, dass ich es schon weiß. Jedenfalls hat er mir brühwarm aufgetischt, dass Michael ja jetzt endlich jemanden gefunden hat, der zu ihm passt. Was für eine

Frechheit! Ich meine, wir waren schließlich verlobt! Obwohl ich heute auch gestehen muss, dass wir nicht wirklich gut harmoniert haben. Aber so was will man ja trotzdem nicht hören. Und dann hat der Typ angefangen, von Michaels neuer Freundin zu schwärmen. Hanna! Da gingen bei mir natürlich die Alarmglocken an. Ich hätte dem Kerl am liebsten direkt ins Gesicht gekotzt.«

»Verständlich. Und was hast du dann gemacht?«

Nele stutzte. Moment mal, wurde das hier jetzt eine Vernehmung? Klar, es war natürlich selten ungünstig, dass Nele ausgerechnet an dem Tag von Michael und Hanna erfahren hatte, an dem Hanna angegriffen worden war. Und Nele wurde mehr und mehr von ihren Selbstzweifeln geplagt, ob ihr schlafendes Ich nicht vielleicht auch äußerst gewaltbereit sein konnte.

»Ich hab erst mal gar nichts gemacht. Ich hab mich aufgeregt, klar. Hab mir Kippen gekauft, eine Pulle Wein geleert, überlegt, Michael anzurufen und ihn zur Sau zu machen. Hab ich aber nicht. Und gestern früh wollte ich dann zu Hanna, um sie zur Rede zu stellen. Da war es aber schon zu spät.«

Phil sagte nichts und sah nachdenklich auf die Straße.

Nele wollte wissen, was in ihm vorging. »Willst du jetzt wissen, ob ich das beweisen kann? Ob ich ein Alibi habe?«

»Das ist nun mal mein Job. Aber das kannst du mir auch gern später erzählen. Bei einer Pulle Wein zum Beispiel.« Er drehte seinen Kopf zu ihr und zwinkerte Nele zu. Was sollte das denn? War das die Einladung zu einem Date? Oder zu einer Befragung unter Alkoholeinfluss? Es war schwer, Nele sprachlos zu machen, aber gerade hatte er es geschafft. Weshalb sie sehr froh war, als er rechts ranfuhr und vor einem kleinen Lädchen in einer gepflegten dörflichen Einkaufsstraße anhielt.

»Wir sind da.« Phil erklärte ihr, dass in dem Laden, unter anderem, hochwertige Golfschläger verkauft wurden. Und er den Besitzer eines bestimmten Exemplars ausfindig machen musste.

Sie betraten den Laden, der wie ein Antiquitätenhandel für Sportutensilien auf Nele wirkte. Alte, aber schick aussehende Tennisschläger und Fußbälle mit Widmung, Abzeichen und Pokale in Vitrinen und nirgendwo auch nur die Spur eines Preisschildes.

Phil erkundigte sich nach einem Golfschläger, einem Putter mit Gravur für einen gewissen Bernhard. Der Besitzer des Ladens holte seinen in Leder gebundenen Block unter der Theke hervor. Er war Ende sechzig, hatte graues langes Haar, das unter einer Schiebermütze hervorlugte, und trug eine schmale rote Brille.

»Ja, lassen Sie mich mal nachsehen. Ich erinnere mich, aber es ist schon Jahre her. Warten Sie mal …«

Nele sah sich um, und ihr fiel auf, dass Phil ihr unverhohlen auf den Hintern starrte. Als er bemerkte, dass sie ihn ertappt hatte, zwinkerte sie ihm zu. Ha!, dachte Nele. Damit stand es eins zu eins.

»Ja«, sagte der Ladenbesitzer da. »Hier haben wir es doch: Das war eine Anfertigung für einen gewissen Herrn Professor Doktor Richard von Kampen. Vier Jahre ist das jetzt her.«

Der Name sagte schon alles. Nele stellte sich vor, dass von Kampen in einem Schloss wohnte und sein Vorgarten der Golfplatz war.

»Richard, ja? Nicht Bernhard? Also war es vermutlich ein Geschenk.«

»Womöglich. Das steht hier nicht.«

»Haben Sie denn die Adresse des Herrn Professor?«

»Ja. Ich schreibe sie Ihnen auf.« Mit zittriger Hand notierte der Ladenbesitzer die Adresse auf einem vergilbten Post-it.

Als sie den Laden verließen, streichelte Phil Nele beim Rausgehen kurz über den Rücken. Und als ihre Blicke sich trafen, grinste er sie frech an und zwinkerte.

Schon wieder! Mist! Zwei zu eins!

Er ging zum Auto und hielt ihr die Tür auf. Also steckte doch ein kleiner Gentleman in ihm. Aber Nele wusste nun, dass sie forscher an die Sache herangehen durfte.

»Was soll das eigentlich werden?«

»Würde die Dame mich zu einem gewissen Herrn Professor Doktor von und zu begleiten?«

»Sehr gerne.« Nele stieg ein. Doch Phil schloss die Autotür zu früh und dann auch noch sehr schwungvoll, sodass Nele laut aufschrie, weil die Tür genau gegen ihr Schienbein donnerte. Das würde einen ordentlichen bauen Fleck geben.

Phil beugte sich sofort zu ihr, nahm sie in den Arm und stotterte los: »Oh nein, oh nein, tut mir leid, tut's weh? Ist was kaputt?« Er gab ihr reflexartig einen Kuss aufs Bein, und Neles Körper durchfuhr ein Blitzschlag. Plötzlich war die sonst immer coole Polizistenmiene verschwunden, und ein besorgter Papi-Typ kam zum Vorschein. Phil hatte also doch einen weichen Kern.

41. Phil

Idiot! Wieso mutierte er, wenn er eine Lady mochte, bloß immer zum absoluten Tollpatsch? Phil war eigentlich meistens höchst konzentriert, aber seit er Nele kannte, fuhr sein Hirn Achterbahn. Alles war anders. Dinge, die vorher wichtig waren, waren plötzlich egal. Und nur noch sie war wichtig.

Phil konnte selbst nicht fassen, welche Anziehungskraft diese Frau auf ihn ausübte. Dabei wusste er nicht mal, ob sie Single war. Vielleicht hat sie nach Michael schon längst einen neuen Freund. Und da sprang sein Polizistenhirn wieder an: Nele hatte eigentlich das perfekte Motiv. Rache. Und sie hatte kein Alibi. Mist. Das durfte nicht sein. Er hatte sie echt gern. Aber solange der Täter nicht gefasst war, konnte es jeder sein.

Theoretisch auch jeder aus dieser Gruppe von Hannas Patienten, die sich zusammengetan hatten. Finn, dem Phil nicht abkaufte, dass er das Haus nie verließ. Die unschuldig wirkende Jenny, die trotzdem mit in Hannas Praxis eingebrochen war und nichts unternommen hatte, um zu verhindern, dass Sascha Phil bewusstlos geschlagen und gefesselt hatte. Sascha selbst, der so verdächtig war, dass er es schon fast wieder nicht war. Und da war noch Nele. Von der Affäre und dann neuen Freundin des Partners therapiert zu werden, war doch echt scheiße. Phil wäre auch stocksauer gewesen. Aber hätte er deshalb jemanden ermordet? Er vielleicht nicht. Doch was, wenn er schlafwandelnd mit seiner Waffe losgezogen wäre? Vermutlich auch noch nackt. Wenn er schlief, war er unberechenbar. Was, wenn Nele ähnlich heftige Schlafwandelattacken hatte wie er selbst?

»Willst du nicht rangehen?«

Nele riss Phil aus seinen Gedanken. Er hatte sein klingelndes Handy völlig überhört. Während der Fahrt musste er den Anruf über Lautsprecher annehmen, fand es aber nicht gut, dass Nele so mithören konnte. Phil hob ab. Es war sein Kollege, dessen Stimme sofort durchs ganze Auto hallte.

Noch bevor er »Steffen, hey, was gibt's? Hör mal, ich bin nicht alleine im Wagen« sagen konnte, quatschte Steffi natürlich direkt unaufhaltsam drauf los.

»Phil, hör zu! Ich hab gerade mit der besten Freundin des Opfers gesprochen. Daniela Wirtz. Sie meinte, dass Hanna Felder vorhatte, Michael Kunze zu verlassen. Damit hat der doch ein Eins-A-Motiv! Oder?«

»Ja. Fahr zu ihm und befrag ihn dazu. Aber nimm noch einen Kollegen mit.«

»Wird gemacht, Chef. Ich sag dir dann Bescheid. Bis später!«

Noch bevor Phil etwas erwidern konnte, legte Steffen auf.

»Das hättest du jetzt eigentlich nicht hören sollen.« Phil warf Nele einen fragenden Seitenblick zu.

»Nicht schlimm. Ich glaub nicht, dass Michael Hanna angegriffen hat. Auch wenn ich ihn inzwischen für ein Arschloch halte. Aber ich kenne ihn. Er wäre niemals zu so was fähig.«

»Und da bist du dir sicher?«

»Michael ist kein Typ, der sich die Finger schmutzig macht. Verstehst du?«

»Vielleicht hat er ja jemanden beauftragt.«

»Warum? Nur, weil sie ihn verlassen wollte?«

»Es haben schon Leute für weniger getötet. Aber jetzt überprüfen wir erst mal den Herrn Professor.«

Als sie bei Herr Professor Doktor Richard von Kampen ankamen, waren beide nicht überrascht, durch ein gusseisernes Tor mit Überwachungskameras fahren zu müssen, bevor sie einen Innenhof mit Springbrunnen erreichten und parkten. Ein Hausangestellter empfing sie, führte sie über das Anwesen und setzte sie schließlich in eine Lobby, wo sie gleich empfangen werden sollten. Nele nahm Platz, Phil blieb stehen und betrachtete die Gemälde an der Wand.

»Hässlich, aber bestimmt saumäßig teuer das ganze Zeug hier.«

»Ist das Kunst oder kann das weg?«, spottete Nele.

Phil gefiel ihr bissiger Humor. Plötzlich roch es nach alten Herrensocken.

»Die Polizei, unser Freund und Helfer. Einen wunderschönen guten Tag. Wie kann ich helfen?« Ein älterer Herr, der jung gestylt und bis zum Anschlag geliftet und gebotoxt war, kam auf sie zu. Er begrüßte Phil mit einem herzlichen Handschlag. So, als würden sie sich kennen, was irritierend war.

Nele stand auf und wollte ihm ebenfalls die Hand geben, aber er drehte ihre Hand um und gab ihr einen feuchten Handkuss.

Schleimscheißer! Phil wollte nicht, dass der Alte Nele betatschte. *Seine* Nele. »Ich hätte eine Frage zu einem Golfschläger, den Sie vor circa vier Jahren gekauft haben. Sie haben ihn auch gravieren lassen, mit einer Nachricht an einen Bernhard.«

»An meinen lieben Schwiegersohn. Ja, ich erinnere mich. Es war ein Geschenk zu seinem Doktortitel. Ist er wieder aufgetaucht?«

»Bitte?«

»Der Schläger. Na, es wurde doch alles gestohlen. Ich nahm an, dass es darum geht. Meine Tochter und ihr

Mann wurden ausgeraubt, als sie übers Wochenende in Stockholm waren. Furchtbar. Diese Verbrecher müssen das gewusst haben. Vor zwei Wochen hat man ihnen das ganze Haus leer geräumt. Auch das gesamte Golf-Equipment wurde gestohlen. Das Haus war quasi leer.«

»Und der Einbruch wurde auch gemeldet?«

»Aber natürlich.«

Phil würde das überprüfen müssen, und falls es stimmte, konnte er sich die Fahrt zu diesem Bernhard fast schon sparen. Es war unmöglich zu beweisen, ob der Golfschläger tatsächlich gestohlen worden war oder ob dieser Bernhard das nur angegeben hatte, um die Versicherung zu bescheißen. Aber da die Schläger von einem gewissen Wert waren, war es sehr wahrscheinlich, dass die Diebe sie hatten mitgehen lassen.

Also führte die Spur ins Nichts. Und er konnte Nele leider noch nicht von der Liste der Verdächtigen nehmen. Und auch ihr Exfreund Michael stand hoch im Kurs.

42. Finn

Dass Jenny bei ihm war, machte Finn nichts aus. Im Gegenteil. Er fand es schön, dass sie hier war, und er wünschte sich, dass sie nie wieder ging. Aber wieso sollte sie bei ihm in seinem freiwillig gewählten Gefängnis bleiben wollen?

Jenny hatte sich bei der Arbeit für ein paar Tage krank gemeldet und suchte immer noch ihre Brille. In ihrer Anwesenheit fühlte Finn sich männlich und stark. Sie machte einen anderen Menschen aus ihm. Einen, den er früher einmal gekannt hatte und den er eigentlich viel lieber mochte. Jenny war das, was ihm gefehlt hatte, ohne dass es ihm bewusst gewesen war. So wie man erst dann feststellte, dass man eine Badewanne vermisst hatte, wenn man in eine Wohnung zog, in der es eine gab. Man hatte es vorher nicht schlimm gefunden, nur duschen zu können, aber jetzt, da man erkannt hatte, wie gern man eigentlich badete, wollte man nie wieder eine Wohnung ohne Wanne. Jenny war Finns Badewanne. Er musste sie hüten wie einen Schatz.

Jenny war ganz seiner Meinung, dass sie Sascha auf den Zahn fühlen mussten. Doch Finn beschäftigte im Augenblick etwas ganz anderes: Er wollte wissen, warum Jenny so panische Angst vor ihrem Exfreund hatte. Inzwischen hatte er seinen Namen erfahren. Alex. Finn hasste ihn, obwohl er ihn nicht kannte. Aber dieser Alex hatte Jenny berührt, war mit ihr zusammen gewesen, hatte sie ausgenutzt und ihr Schmerzen zugefügt, auch wenn Finn noch nicht wusste, welcher Art. Er bot Jenny an, so lange zu bleiben, wie sie wollte. Er konnte verstehen, dass sie aus Angst vor ihrem Exfreund das Bedürfnis hatte, sich zu verstecken. Denn Finn kannte sich sehr gut damit aus, sich aus Angst abzuschotten. Er selbst zelebrierte das schon seit Jahren.

Jenny war dankbar für das Angebot und gab ihm einen zarten, langen Kuss. Als ihre Lippen sich langsam von seinen lösten, nahm er sie in den Arm und traute sich vorsichtig nachzufragen. »Erzählst du es mir?«

»Was?«

»Die Sache mit Alex. Warum du solche Angst vor ihm hast. Hat er dich geschlagen? Misshandelt?«

»Nein. Also nicht körperlich.« Sie machte eine Pause, als würde sie sich überlegen, ob sie mehr erzählen sollte.

Finn sah sie an und umfasste ihre Schultern fest mit beiden Händen. »Du musst es mir nicht erzählen. Du sollst nur wissen, dass du mir alles erzählen kannst, wenn du willst. Ich werde dich nicht verurteilen. Ich bin für dich da. Okay?« Diese Worte schienen in Jenny etwas auszulösen. Ihre Augen füllten sich mit Tränen, und er nahm sie sofort wieder in den Arm. »Ich wollte nur sagen, ich bin da, wenn du bereit dazu bist. Und auch, wenn du es nicht bist.«

Das war zu viel für sie. Sie fing an zu schluchzen, und Finn spürte, wie sein Hemd von ihren Tränen durchnässt wurde. »Ich hab nur Angst, dass du mich danach für total bescheuert hältst.«

»Blödsinn. Wenn hier einer bescheuert ist, dann ich«, scherzte er, obwohl es wahrscheinlich der Wahrheit entsprach, und versuchte, sie aufzumuntern.

Jenny löste sich aus seiner Umarmung, ging zum Sofa und setzte sich. Ihr Blick verriet, dass es in Ordnung war, wenn er sich neben sie setzte. Also tat er es und legte ihr den Arm um die Schulter.

»Na gut«, setzte sie an, »als ich Alex kennen lernte, war ich sehr unglücklich, musst du wissen. Mir ging es ganz,

ganz schlecht und ihm auch. Das hat uns irgendwie verbunden. Der Schmerz. Wir haben beide das Leben nicht mehr ertragen, uns abgekapselt, keinen Sinn mehr in irgendetwas gesehen. Und dann hat Alex es vorgeschlagen.« Jenny sah Finn an, als müsse er sich den Rest denken. Sie wartete einige Sekunden, dann erzählte sie weiter. »Dass wir uns zusammen umbringen. Und ich war davon überzeugt, dass er recht hat. Dass es das einzig Richtige wäre, mein Leben zu beenden. Ich hatte auch vorher schon oft darüber nachgedacht, aber ich hab mich dann doch nie getraut.«

Finn blieb stumm. Er konnte Jenny verstehen. Auch er hatte sich regelmäßig mit Suizidgedanken geplagt, doch nicht den Mut gehabt, die Sache durchzuziehen. Und anscheinend ging es Jenny genauso.

»Und dann?«, fragte er vorsichtig.

»Dann haben wir alles geplant. Wir haben uns für unseren Jahrestag verabredet. Wir wollten uns auf einer Brücke treffen und uns um Mitternacht in die Tiefe stürzen. Hand in Hand. Aber ich hatte Angst und hab Hanna davon erzählt.«

»Und sie hat dich davon abgehalten?«

»Ja, genau. Ich bin nicht hingegangen, hab Alex bloß eine SMS geschrieben, dass Schluss ist, und bin an dem Abend, an dem wir uns bei der Brücke treffen wollten, heimlich ausgezogen. Alex ist ausgerastet, hat mich angerufen und beschimpft, mich bei der Arbeit aufgesucht und so weiter. Seitdem verfolgt er mich. Er will immer noch, dass wir die Sache zusammen durchziehen. Ohne Hanna hätte ich es nie geschafft, mich von ihm zu trennen. Sie ist sogar mitgekommen und hat mir geholfen, meine Sachen zu packen. Dann hat sie mich zu meinen Eltern gefahren. Sie ist so eine schrecklich liebe Frau! Sie darf nicht sterben.«

»Ja, ich weiß. Hanna hat nicht mal versucht, mich aus dem Haus zu kriegen. Sie hat mich irgendwie verstanden und ist echt nur auf meine Schlafstörungen eingegangen, wenn sie hier war. Obwohl ich glaube, dass das ihr Trick war. Sie wusste, dass das zusammenhängt, und früher oder später hätte ich ihr bestimmt auch die Wahrheit erzählt. Aber eine Frage habe ich noch zu Alex: Wieso ist er nicht einfach ohne dich gesprungen?«

»Das weiß ich auch nicht. Es war eben nicht Sinn der Sache, es allein zu tun. Er wollte unbedingt mit mir gemeinsam sterben.«

»Ziemlich krank. Aber – auf eine ziemlich verdrehte Art – auch irgendwie romantisch.«

»Ich will nicht sterben, weißt du? Das hat Hanna mich erkennen lassen. Eigentlich mag ich das Leben, aber Alex hat es irgendwie geschafft, mich denken zu lassen, dass es nicht so ist. Ich war so müde, so ausgelaugt, ich konnte einfach nicht mehr.«

»Dann bin ich ja froh, dass Hanna dich vom Gegenteil überzeugt hat.«

»Und ich erst. Sonst hätten wir uns nie kennengelernt.« Jenny sah ihn an und hatte immer noch Tränen in den Augen. »Danke, dass du mich nicht für verrückt hältst.«

»Zumindest nicht für verrückter als vorher.«

Jenny kuschelte sich bei ihm an. »Also ist es okay, wenn ich noch etwas hier bei dir bleibe?«

Finn drückte sie fest an sich und vergrub sein Gesicht in ihrem Haar. Es roch nach Apfel und Zitrone. »Hab ich doch gesagt. Bleib, solange du willst.« Und am liebsten hätte er gesagt: Für immer.

43. Nele

Er mag mich, dachte Nele, er mag mich wirklich. Inzwischen standen sie wieder vor Neles Haustür, der Motor von Phils Wagen lief noch. Sie kamen gerade von dem Besitzer des Golfschlägers.

Bernhard von Kampen, der den Nachnamen seiner Frau sicherlich nur angenommen hatte, damit er einen auf adelig machen konnte, hatte die Geschichte seines Schwiegervaters bestätigt. Der arrogante Siegelringträger war vor zwei Wochen bis aufs letzte Hemd ausgeraubt worden. Phil hatte die Sache bereits überprüft, und sie stimmte. Bis jetzt hatte man die Einbrecher nicht geschnappt.

Phil wirke frustriert, weil der Golfschläger sie nicht weiterbrachte. Und Nele hatte das Bedürfnis, ihn aufzuheitern. Aber wie? Vielleicht einfach mit der Wahrheit?

»Gestern bin ich, fast nackt, mitten in der Nacht in der U-Bahn wach geworden.«

»Bitte?« Phil wirkte irritiert von ihrem plötzlichen Geständnis.

»Weißt du, ich schlafwandle wirklich ziemlich heftig. Ziehe mich an, gehe vor die Tür.« Ziehe mich wieder aus und will Sex haben, fügte sie in Gedanken hinzu.

Doch statt Fragen zu stellen, sich zu wundern oder auf sein eigenes Schlafwandelverhalten einzugehen, küsste er sie. Ganz ohne Vorwarnung. Er drückte seine Lippen fest auf ihre und umfasste ihren Kopf mit beiden Händen.

Nele hatte eine Mauer um ihr Herz gebaut, nachdem Michael sie verlassen hatte. Sie war immer höher und breiter geworden, und sie hatte nicht vor, noch mal einen Mann so nah an sich heranzulassen. Nie mehr verletzt werden, nie mehr diese starken Gefühle spüren. Bis jetzt. Plötzlich änderte sich alles. Phil stürzte die Mauer mit nur einem einzigen Kuss ein.

Nele ließ sich fallen. Alles, was sie im Moment wollte, war, sich diesem Mann hinzugeben. »Willst du mit hochkommen?«

Phil schaltete den Wagen sofort aus, obwohl er im Halteverbot stand. Aber vielleicht wurden Polizisten ja nicht abgeschleppt? Außer von ihr, denn Nele würde jetzt definitiv einen Polizisten abschleppen. Sie hatte ihm gerade ein Angebot gemacht, das sie nicht mehr zurückziehen konnte und auch nicht wollte.

»Dir muss klar sein, dass ich sofort über dich herfallen werde, wenn du mich jetzt mit zu dir hoch nimmst.«

»Versprochen?« Denn das war exakt das, was Nele wollte.

Phil beantwortete ihre Frage mit einer Geste. Er fuhr Nele mit seinen langen Fingern durchs Haar und zog ihren Kopf so nah an seinen heran, dass ihre Nasenspitzen sich sanft berührten. Seine andere Hand glitt Neles Oberschenkel entlang, bis sie genau zwischen ihren Beinen lag.

Nele hielt es nicht mehr aus. Sie wollte ihn. Jetzt! »Lass uns hochgehen.«

44. Phil

Unglaublich. Nicht zu fassen. Geil, geil, geil! Phil konnte seine Finger schon auf den Treppenstufen nicht von Nele lassen.

Sie stolperten knutschend in ihre Wohnung im dritten Stock. Kaum hatte sie die Wohnungstür hinter ihnen geschlossen, zog er sie aus. Phil knöpfte ihre weiße Bluse auf und streichelte über ihren knackigen Po, der perfekt in dieser engen Jeans aussah. Er nahm nichts von ihrer Wohnung wirklich wahr, weder die Diele noch die Küche oder das angrenzende Wohnzimmer. Er sah nur Nele und dass sie ihn am Kragen in ihr Schlafzimmer zog. Dabei musste er pinkeln. Dringend. Mist! Er durfte den Moment jetzt auf keinen Fall kaputt machen. Aber falls sie richtig zur Sache gehen wollte – und das wollte sie, zumindest sprachen ihre vielsagenden Blicke dafür –, dann musste er vorher unbedingt noch aufs Klo.

Er merkte, wie sein Stück immer härter wurde und das Verlangen nach Neles Körper sein Bedürfnis, sich zu erleichtern, unterdrückte. Denn seine Hoden brauchten auch Erleichterung. Es war schon einige Monate her, dass er Sex gehabt hatte. Oder war es schon mehr als ein halbes Jahr? Er musste sich konzentrieren und versuchen, nicht ans Pinkeln zu denken.

Er hielt Nele im Arm und küsste sie. Sie gab ihm einen kurzen Kuss und lehnte sich zurück. »Ich geh noch mal schnell auf Toilette, tut mir leid, ich muss ganz dringend. Sorry.« Sie lachte kurz und strahlte ihn an. Nele sah einfach nur bezaubernd aus. Dann verschwand sie durch die Schlafzimmertür und ging ins Bad.

Phil setzte sich aufs Bett. Hoffentlich überlegte sie es sich auf dem Klo nicht anders. Gott sei Dank! Es war seine Chance, auch noch pinkeln zu gehen. Sein Handy piepte, und er las schnell die SMS von seinem Kollegen: »Kunze sagt, er hatte keine Ahnung davon, dass das Opfer ihn verlassen wollte, und hält das für ein Gerücht. Finde ihn auf jeden Fall verdächtig. MfG Steffen.«

Es folgten drei Sonnenbrillen-Emojis, deren Zusammenhang mit der Textnachricht Phil nicht verstand. Und sowieso waren hieroglyphische Smileys in ihrem Job nicht angebracht. Dafür würde Steffen noch eins auf den Deckel kriegen.

Nele kam mit einem verführerischen Lächeln zurück, das nur ihr Hüftschwung noch übertraf. Sie setzte sich auf seinen Schoß. Ihre Beine umklammerten ihn, und sie schob ihm sanft ihre Zunge in den Mund. Geil. Aber verdammt! Verdammt! Verdammt! Er hatte doch eigentlich noch aufs Klo gewollt.

45. Hanna

Es war schräg und fühlte sich falsch an, Nele und Phil beim Sex zu beobachten, aber ich konnte einfach nicht wegsehen. Ich hatte noch nie jemanden beim Vögeln beobachtet, zumindest nicht live. Es war innig und liebevoll, aber vor allem gingen sie ganz schön zur Sache. Heiß! Und heftig für ihr erstes Mal. Auch wenn es natürlich nicht ihr richtiges erstes Mal war, aber eben ihr erstes Mal miteinander.

Es dauerte über drei Stunden, sie probierten alle möglichen Stellungen aus, zwischendurch wurde gekuschelt, und Phil ging pinkeln. Man hörte seinen Strahl durch die ganze Wohnung hallen, da Phil in der Eile vergessen hatte, die Tür zum Bad zu schließen. Nele lachte, und ich wusste, dass es ihr ehrliches Lachen war.

Wir haben uns gut verstanden, aber auch nur, weil ich nichts über Michael gesagt habe. Es war scheiße, eine Affäre mit ihm einzugehen, ich weiß, aber wir hatten uns nun mal verliebt. So etwas kann passieren. Dagegen kann man nichts machen. Das waren am Ende Hormone. Und Chemie. Ob man sich verliebt, sucht man sich nicht aus. Denn dann hätte ich mir mit Sicherheit nicht Michael als Partner ausgesucht. Aber so was weiß man leider immer erst später. Sich zu verlieben passierte sogar im physischen Sinne einfach durch eine Reaktion. Und diese Reaktion passierte bei Phil und Nele, meiner Meinung nach, irgendwo zwischen der Neunundsechzig und Doggy-Style. Ein Nachbar klopfte gegen die Wand, doch sie ließen sich nicht abhalten, drehten sich in die Löffelchen-Stellung und machten stöhnend weiter, als ginge es um Leben und Tod.

Danach lagen sie einfach nur da. Arm in Arm und eng aneinandergeschmiegt, rauchten sie die obligatorische Zigarette danach.

Nele streichelte Phil sanft über den Rücken. »Bevor wir hier gleich einschlafen, sollte ich dir wohl besser noch etwas gestehen.«

Und ich wusste genau, was Nele ihm sagen wollte. Denn sollte sie heute Nacht eine Sexschlafwandelattacke überkommen, würde Phil sicherlich Augen machen. Das was sie gerade eben angestellt hatten, fiel schon nahezu unter die Kategorie pornoreif, aber welche Bedürfnisse Neles schlafendes Ich hatte, davon hatte Phil noch lange keine Ahnung.

»Geht mir genauso.« Auch Phil schien beichten zu wollen.

»Ich fang an. Okay?« Nele suchte Phils Blick, der sie verständnisvoll ansah und lächelte. »Also, ich schlafwandle nicht nur. Es nennt sich Sexsomnia.« Phil musste lachen. »Und es ist nicht so cool, wie es klingt. Wenn ich schlafwandle, ist mein Bedürfnis nach Befriedigung riesig. Ich will dann um jeden Preis Sex haben. Verstehst du? Aber ich erinnere mich am nächsten Tag nicht mehr daran. Das ist der Horror! Manchmal befriedige ich mich nur selbst oder schnappe mir mein Handy und schreibe erotische SMS, was nicht so gut kommt, wenn man die an den Chef oder den zukünftigen Schwiegervater schickt. Es hat angefangen, als ich ungefähr dreizehn war. Ich hab mich im Schullandheim in ein Jungenzimmer geschlichen, für die Jungs gestrippt und ihnen einen geblasen. Die fanden das natürlich super. Klar, Gang-Bang mit dreizehn, wer kann das schon von sich behaupten? Aber ich hatte am nächsten Tag keine Ahnung mehr davon, sie haben es natürlich überall rumerzählt, und bis zu meinem Abschluss hatte ich den Ruf als Schulschlampe weg.«

»Verstehe … Deshalb auch die Anzeige wegen sexueller Belästigung? Das war dein schlafwandelndes Ich?«

»Ja, und auch daran konnte ich mich am nächsten Tag gar nicht mehr erinnern. Leider kann ich das absolut nicht kontrollieren.«

»Das kenn ich. Ich kann mich am nächsten Morgen auch nur selten daran erinnern, was ich nachts getrieben habe. Ganz ehrlich Nele, ich glaube, meine Schlafstörung ist gar nicht so anders als deine. Nur dass ich keinen Sex will. Glaube ich zumindest. Aber ich ziehe auch nachts los und baue Scheiße und weiß es dann am nächsten Tag nicht mehr.«

»Und wie sieht das dann aus?«

Phil setzte sich aufrecht. »Meist ziehe ich mich aus. Keine Ahnung, warum. Dann nehme ich mir meine Waffe, lade sie und ziehe los.«

»Nackt?«

»Leider ja.«

»Und wen willst du umbringen?« Nele lachte, doch Phil blieb absolut ernst.

»Das frage ich mich manchmal auch.«

Noch 28 Tage …

46. Jenny

Jenny hatte Finn alles über die Beziehung mit Alex, ihre Suizidgedanken und ihren gescheiterten Selbstmordversuch erzählt. Unglaublicherweise mochte er sie immer noch. Jenny verstand nicht, warum. Was fand er so toll an ihr?

Jenny war in diesem Moment überglücklich, nicht tot zu sein. Gut, dass sie nie den Mut gehabt hatte, den es erforderte, sich selbst das Leben zu nehmen. Dazu musste man furchtlos und entschlossen sein, und das war Jenny nicht. Das erste Problem war, dass sie viel zu viel Angst davor hatte, sich selbst wehzutun. Jenny hatte tierisch Schiss vor dem Schmerz, wenn man sich zum Beispiel die Pulsadern durchtrennte, sich mit einem Messer die Kehle durchschnitt oder sich erhängte, weil dabei die Möglichkeit bestand, dass man nicht durch einen Genickbruch starb und dann elendig erstickte. Das hatte sie als Kind in Westernfilmen gesehen, die ihr Bruder unbedingt hatte gucken wollen.

Sich zu erschießen wäre noch eine Option gewesen, aber wie hätte Jenny an eine Waffe kommen sollen? Auch andere Möglichkeiten hatte sie in Betracht gezogen. Es gab zum Beispiel Menschen, die schmissen sich vor einen Zug. Aber das fand Jenny gemein allen Fahrgästen gegenüber, außerdem hätte der Zugführer womöglich einen seelischen Schaden davongetragen, und Jenny wollte mit ihrem Suizid keinem anderen Leid zufügen. Also, der Zug war schon mal raus. Genau wie die Idee, sich von einem Auto überfahren zu lassen.

Jenny hatte versucht, sich selbst zu vergiften. Und war kläglich gescheitert. Sie hatte alle Pillen, die sie jemals verschrieben bekommen hatte, zusammen mit anderen Mittelchen, die sie im Haus ihrer Eltern gefunden hatte, zusammen mit einer halben Flasche Wodka-Cola-Gemisch runtergespült. Sie hatte bei den ganzen Tabletten extra haargenau darauf geachtet, dass alles davon in einer Überdosis tödlich war. Zudem vertrugen sich die Mittel nicht miteinander. Doch genau das wurde Jenny zum Verhängnis: Durch eine Wechselwirkung der Medikamente wurde sie ganz schnell ohnmächtig – *oder schlief ein*. Sie schaffte es nicht, genug Pillen zu schlucken. Sie war stundenlang weggetreten, und als sie aufwachte, hatte sie zwei Tage lang den schlimmsten Kater ihres Lebens. Sie hatte sich selbst vergiftet, war jedoch nicht gestorben, sondern hatte sich einen absoluten Horrortrip verpasst. Das wollte sie nicht noch einmal erleben.

Das Einzige, was noch in Frage kam, war, sich von einem Dach oder einer Brücke zu stürzen. Unzählige Male hatte Jenny schon an diversen Geländern gestanden und überlegt. Manchmal traute sie sich sogar, darüber zu klettern, und dann war sie nur noch einen kleinen Schritt davon entfernt zu springen. Aber es war eben ein großer kleiner Schritt. Und am Ende traute sie sich nicht. Nicht alleine. Doch dann kam Alex.

Jenny hatte ihn in einer Selbsthilfegruppe für Menschen mit Suizidgedanken kennengelernt. Rückblickend nicht unbedingt der beste Ort, um seinen zukünftigen Ehemann zu treffen. Alex schaffte es, wie Hanna es formuliert hatte, Jenny schnell um den Finger zu wickeln. Er wusste, welche Bedürfnisse sie hatte, dass sie jemanden brauchte, der ihr Fels in der Brandung war und der ihr einen Weg vorgab. Und er bekam von Jenny, was er wollte. Das war vor allem Geld. Geld und der Tod. Nur darum drehte sich Alex' Welt. Mal abgesehen von den Drogen.

Jenny hatte immer und alles bezahlt. Und Alex hatte voll auf ihre Kosten gelebt. Sie fragte sich, ob er jetzt wieder kriminell geworden war und dealte, um an Geld zu kommen. Er hatte Jenny damals mehr oder weniger erpresst und ihr weisgemacht, dass es ihre Schuld wäre, wenn er in den Bau wandern würde: Entweder sie regelte alles Finanzielle, oder er wäre gezwungen, illegale Dinge zu tun. Natürlich war das Schwachsinn, natürlich hätte er sich einen normalen Job suchen können. Aber Jenny hatte zu viel Angst oder zu wenig Kraft, sich ihm zu widersetzen, denn Alex neigte dazu, schnell auszurasten.

Eine Frage wollte Jenny einfach nicht mehr aus dem Kopf gehen: Würde er sich früher oder später auch alleine umbringen? Alex war vollkommen besessen davon gewesen, sich möglichst dramatisch das Leben zu nehmen. Und wäre Hanna nicht gewesen, wäre Jenny ihm in den Tod gefolgt. Selbst wenn sie am Ende, wie immer, einen Rückzieher hätte machen wollen. Alex hätte sie hundertprozentig vor dem Sprung ganz fest gepackt und sich, ob sie wollte oder nicht, gemeinsam mit ihr von dieser Brücke gestürzt.

Aber Jenny war am Leben und wollte das jetzt auch bleiben. Dank Hanna hatte sich alles geändert. Es machte für jemanden einen Unterschied, ob sie lebte oder nicht. Für Finn machte es einen Unterschied, ob Jenny da war oder nicht. Sie machte jemanden glücklich. Und das machte sie glücklich. Ein super Teufelskreis.

Als Jenny an diesem Morgen aufwachte, was bedeutete, dass sie geschlafen hatte, fühlte sie das erste Mal etwas in sich aufkeimen, das andere wohl als Optimismus bezeichnet hätten. Alles würde gut werden. Sie würde zu Finn ziehen und ihr altes Leben hinter sich lassen. Der Tod konnte noch warten.

47. Nele

Als Nele neben Phil wach wurde, fühlte sie sich so ausgeschlafen wie lange nicht mehr. Sie lagen immer noch im Bett, und es machte nicht den Eindruck, als wären sie nachts aufgestanden. Sollten sie beide etwa diese Nacht nicht geschlafwandelt sein?

Nele fühlte sich so geborgen, dass sie Angst hatte, sich zu schnell in die Sache mit Phil reinzusteigern. Was, wenn er sie nur als One-Night-Stand sah und gleich nach dem Aufstehen wieder abservierte? Sollte sie ihn wecken oder besser schlafen lassen? Sie stand leise auf und schlich ins Bad, als sie seine Stimme hörte: »Kaffee schwarz oder mit Milch und Zucker?«

»Schwarz mit Zucker.«

»Gut, ich hätte auch gar keine Milch da.«

»Wir sind doch in meiner Wohnung!«

»Ach ja. Sorry, ich bin morgens manchmal etwas verwirrt.« Nele hörte, wie Phil über sich selbst lachend in die Küche schlurfte und den Kühlschrank öffnete. »Du hast auch keine Milch da.«

Als Nele aus dem Bad kam, saß Phil nur in Boxershorts auf ihrem Bett und reichte ihr eine Tasse Kaffee. Zufälligerweise hatte er sogar ihre Lieblingstasse mit dem Libellenmuster gegriffen, die sie von ihrem letzten Arbeitsplatz hatte mitgehen lassen.

»Du hältst da übrigens Diebesgut in Händen. Die hab ich im Büro geklaut.« Sie nahm die Tasse entgegen.

»Wo kein Kläger, da kein Richter. Dafür werde ich dich nicht verhaften. Außer natürlich, du willst es.« Er machte es sich auf ihrem Bett gemütlich und bedeutete ihr, sich zu ihm zu kuscheln.

»Du fühlst dich wohl schon wie zu Hause.« Nele wollte ihn gerade küssen, als sie ihr Handy klingeln hörte. Sie fand es aber nicht schnell genug. Als sie endlich ihre Handtasche zwischen ihren Klamotten entdeckte, die Phil ihr gestern vom Leib gerissen und quer in der Bude verteilt hatte, hatte Finn ihr bereits auf die Mailbox gesprochen. Sie hörte die Nachricht ab, während sie sich wieder in Phils Arme kuschelte. Er machte nicht den Eindruck, gehen zu wollen, und Nele sprach es nicht an. Finn bat Nele, schnell vorbeizukommen. Sie müssten dringend über Sascha sprechen. Dann entdeckte Nele eine SMS von Sascha auf ihrem Handy, der sie in zwei Stunden treffen wollte, um gemeinsam zu Finn zu fahren. *Verwirrend.* Nele legte ihr Handy weg. Sie wollte den Moment festhalten. Einfach nur mit Phil im Bett zu liegen und Kaffee zu trinken war das Schönste, was sie dieses Jahr getan hatte.

Doch er stand auf, zog sich an und stellte seine leere Tasse auf den Vintage-Nachttisch. »Ich würde echt gerne noch länger bleiben, aber ich muss zur Arbeit.«

»Ich muss, wie es aussieht, auch gleich los. Wir treffen uns gleich wieder bei Finn.«

»Ihr seid schon eine ziemlich komische Truppe. Ehrlich gesagt, weiß ich gar nicht, wen von euch ich am sonderbarsten finde: Mister Ich-verlasse-nie-das-Haus, den fast zwei Meter großen kleinen Jungen, Jenny, die immer so wirkt, als würde sie erwarten, dass gleich ein Unheil über sie hereinbricht, oder dich.«

»Mich?«

»Ja, weil du als megamäßigsupergranatenscharfe Braut mit einem wie mir ins Bett steigst, der nur noch eine saubere Unterhose im Schrank hat.«

»Wenigstens eine«, frotzelte Nele und gab Phil einen Kuss. »Sehen wir uns heute Abend wieder?«, traute sie sich zu fragen, auch wenn sie sich dabei doof vorkam. Sie wollte nicht das anhängliche Weibchen sein.

Statt zu antworten, gab Phil ihr einen stürmischen Kuss. Als ihre Lippen sich lösten und er ihr in die Augen sah, zwinkerte er ihr zu. »Na, was glaubst du denn, schöne Frau?«

48. Sascha

Sascha freute sich schon auf Neles Blick und konnte ihre Reaktion kaum noch erwarten. Er holte sie vor ihrer Haustür ab. Und wie erwartet staunte sie mit weit aufgerissenen Augen über den alten roten Ford Mustang, mit dem er vorgefahren war. Sascha hatte den Besitzer des Autos verfolgt und ihm die Schlüssel geklaut, ohne dass der es gemerkt hatte. Sascha hatte den Wagen also noch nicht mal aufbrechen und kurzschließen müssen. Trotzdem würde er bestimmt bald als gestohlen gemeldet werden.

»Wo hast du denn bitte die geile Karre her?«

»Berufsgeheimnis.«

»Du hast doch gar keinen Beruf. Ist der geklaut? Ich fahr mit dir nicht in einem geklauten Auto durch die Gegend!«

»Keine Sorge, der ist nur geliehen.«

»Und derjenige weiß auch, dass er sein Auto verliehen hat?«

»Mehr oder weniger. Jetzt steig endlich ein. Finn hat mir 'ne SMS geschickt, dass es neue Erkenntnisse gibt.«

Nele reagierte nicht überrascht, sondern eher so, als wüsste sie bereits, worum es ging. Das machte Sascha misstrauisch. Hatte sie schon mit Finn geredet? Trafen sie heimliche Absprachen hinter Saschas Rücken? »Weißt du mehr als ich?«

Sie schüttelte den Kopf. »Nein, aber vielleicht sollte ich dich vorwarnen. Es geht um dich.«

»Um mich? Wieso?« *Verdammt, sind sie dahintergekommen?*

»Keine Ahnung.«

Nele stieg ein, inspizierte die Innenausstattung des Wagens und schnallte sich an. Sie strahlte und sah glücklicher aus als sonst, aber damit konnte Sascha sich jetzt nicht beschäftigen. Er ahnte, worum es ging. Jenny und Finn könnten inzwischen einige Ungereimtheiten, was seine Person betraf, aufgefallen sein. Wieso hatte er nicht von Anfang an gesagt, was wirklich Sache war?

Sascha war es schon immer leichter gefallen zu lügen als die Wahrheit zu erzählen. Er hoffte nur, dass die anderen nicht zu viel herausgefunden hatten und ihm weiterhin glaubten. Was, wenn sie herausgefunden hatten, dass er nicht Hannas Patient war, sondern sie schon seit Wochen verfolgte? Dass er sie fotografiert und beobachtet hatte, dass er wusste, wo sie wohnte, mit wem sie sich traf und wann und in welches Fitnessstudio sie ging. Oder dass Hanna letzte Woche einer Freundin davon berichtet hatte, dass sie überlegte, Michael abzuschießen? Was Sascha für eine sehr gute Idee gehalten hatte. Er konnte diesen Schnösel schon auf zweihundert Meter Entfernung nicht ab. Sascha hatte sich getraut, sich im Café an den Nebentisch zu setzen, und das ganze Gespräch zwischen Hanna und ihrer Freundin Daniela belauscht.

Vielleicht war es besser, das der Gruppe einfach zu erzählen. Er wollte ihnen alles sagen! Aber er wollte nicht bemitleidet werden. Sie sollten ihn cool finden und respektieren. Sascha, der Checker. Nicht Sascha, der einsame Waisenjunge.

49. Finn

Finn war sich sicher, dass Sascha gelogen und sie verarscht hatte. Jenny war wesentlich gutgläubiger als er. Sie wollte Sascha nichts unterstellen und versuchte immer wieder, Finn einzureden, dass Sascha genauso an Hannas Wohl gelegen war wie dem Rest von ihnen.

Manche Leute hätten sie sicherlich als naiv bezeichnet. Für Finn hatte sie einfach nur ein viel zu großes Herz. Aber das kam ihm sehr entgegen, denn Jenny hatte selbst ihn ins Herz geschlossen, obwohl er ein verschrobener Außenseiter war, der sich von der Welt abgeschottet hatte. Sie verurteilte ihn nicht. Genauso wenig verurteilte sie Sascha. Finn machte sich klar, dass das wohl eine ihrer stärksten Charaktereigenschaften war. Menschen zu verurteilen war einfach. Es nicht zu tun verlangte eine gewisse Größe. Und die brachte Jenny von Kopf bis Fuß selbst bei ihren zarten ein Meter sechsundfünfzig mit.

Also versuchte Finn, Jenny nicht mit runterzuziehen, und schlug vor, Sascha damit zu konfrontieren, was sie herausgefunden hatten. Allem Anschein nach war Sascha kein Patient von Hanna. Was also hatte er mit ihr zu tun?

Sascha und Nele schlugen gemeinsam bei Finn zu Hause auf. Finn hatte das Gefühl, dass Nele, die ihm sowieso schon wie eine Frohnatur vorgekommen war, heute noch besser drauf war. Sascha gab sich unbeschwert. Wie selbstverständlich nahm er auf dem Sofa Platz und legte die Füße auf den Couchtisch, der eigentlich eine Truhe war, in der Finn Videospiele aufbewahrte.

Finn sah aus dem Fenster und entdeckte den Wagen, mit dem sie gekommen waren. »Wer von euch fährt denn einen Mustang?«

Sascha gab sich süffisant. »Ich. Nur heute ausnahmsweise. Der Ferrari ist noch in der Werkstatt.«

Finn hatte keinen Bock mehr auf Saschas Geschichten. »Du kannst auch nichts außer Scheiße labern, oder?«

»Hast du ein Problem mit mir, Finn? Dann sag es.« Saschas Miene schaltete binnen Sekunden von freundlich auf abgefuckt.

»Okay. Jetzt mal Klartext, Sascha.« Finn visierte ihn an, Sascha zeigte keine Regung, wirkte nicht aufgeregt. Noch nicht. »Hör zu, wir wollen dir eine Chance geben, uns die Wahrheit zu sagen. Wer bist du?«

»Das wisst ihr doch.«

»Nein«, widersprach Finn. »Tun wir nicht. Wir alle sind Patienten von Hanna. Aber du nicht.«

Nele wirkte irritiert. »Wie kommst du denn jetzt darauf? Warum soll Sascha denn kein Patient von Hanna sein?«

»Weil er erstens keine Patientenakte bei Hanna hat, zweitens laut ihrem Kalender keinen einzigen Termin bei ihr hatte und drittens …«, *traue ich ihm einfach nicht.* »Ein Drittens fällt mir bestimmt auch noch ein.«

Finn versuchte sich zu erinnern, wann es mit diesem Aufzähl-Tick angefangen hatte. Er glaubte, das schon im Kindergarten getan zu haben: Du bekommst mein Spielzeug nicht, weil es erstens meins ist, zweitens du mich auch nie mit deinen Sachen spielen lässt, und drittens bist du doof.

Sascha ging in die Abwehrhaltung: »Was laberst du da? Dann haben wir eben kein Foto von meiner Akte gemacht, als wir bei Hanna waren. Na und? Wir haben es doch gar nicht geschafft, alle Akten abzufotografieren!

Beziehungsweise ich, wenn ich daran erinnern darf, wer überhaupt die Bilder gemacht hat. Es war meine Idee. Und es waren ja auch nur meine Fotos aus der Cloud übrig. Es fehlen noch viel mehr Patienten.«

Auch wenn Sascha damit recht hatte, glaubte Finn ihm nicht. »Und wie erklärst du dir das mit ihrem Kalender? Da stehen alle Patienten drin. Alle. Außer dir.«

»Keine Ahnung.«

»Jetzt hör auf, uns zu verscheißern! Was wolltest du von Hanna?«

Sascha wurde jetzt eindeutig nervös, doch er überspielte es mit einer nebulösen Geste und legte einen gleichgültigen Ton in seine Stimme. »Vielleicht bin ich ja ihr Stalker.«

Finn hätte Sascha das zwar zugetraut, aber es klang in seinen Ohren – wie alles, was aus Saschas Mund kam – mal wieder gelogen. Er wollte endlich die Wahrheit hören!

Finn hatte mit anderen Menschen nicht viel Geduld. Obwohl Jenny eine Ausnahme zu werden schien. Ihr würde Finn alle Zeit der Welt geben. Dass sie sich ihm hingegeben hatte, beflügelte ihn total. Deshalb traute er sich auch, so forsch mit Sascha umzugehen. Er hatte Rückenwind. Er wusste, dass Jenny auf seiner Seite stand. Denn sonst hätte er es wahrscheinlich nicht gewagt, Sascha mit voller Wucht von der Couch zu reißen, ihn hochzuzerren und am Pullover festzuhalten, um ihm dabei ins Gesicht zu schreien, dass er ein verlogener Bastard war.

Finn war von sich selbst erstaunt. Doch nur kurz. Denn Sascha befreite sich aus seinem Griff, holte aus und schlug Finn mit geschlossener Faust von oben auf die Nase. Erst wurde es schwarz vor seinen Augen, dann blutrot. Er taumelte und sah vor sich sein Blut auf den Boden tropfen. Dieser Scheißkerl!

Jenny kam ihm zu Hilfe und drückte ihm eine Rolle Küchentücher in die Hand, die Finn sich komplett eingerollt unter die Nase drückte. Sie färbte sich sofort rot.

»Wir müssen ins Krankenhaus!«

Seine kleine, süße, besorgte Jenny. Sie wusste doch, dass er das Haus nicht verlassen würde. Nicht wegen einer Lappalie wie einer blutenden Nase. Finn schüttelte den Kopf. »Holst du bitte noch mehr Zewa?«

Jenny eilte erneut in die Küche.

Nele schnauzte währenddessen Sascha an, der sich die Faust rieb: »Musste das sein? Was soll der Scheiß! Jungs! Kriegt euch mal wieder ein!«

»Der hat angefangen!« Sascha zeigte auf ihn wie ein Sechsjähriger auf dem Schulhof.

»Gar nicht!«, antwortete Finn automatisch und bemerkte gleichzeitig, dass er ebenfalls wie ein Kind klang. Jenny kam mit drei Rollen Küchenpapier und einem Kühlbeutel zurück. Finn setzte sich und legte seinen Kopf in den Nacken. Plötzlich stand Sascha über ihm.

»Tut mir leid. Sorry. Ehrlich.«

»Verpiss dich.«

»Finn!«, mahnte Jenny, wie eine Mutter, die ihr Kind vom Fluchen abhalten wollte.

»Was denn, Schatz? Er hat mir aufs Maul gehauen!« Hatte er sie gerade wirklich Schatz genannt? Jenny schien darüber ein wenig erschrocken zu sein, aber sie versuchte, es sich nicht anmerken zu lassen.

»Wie geht's deiner Nase?«

»Schon was besser.« Finn stand auf und sah in den Spiegel. Seine Nase schmerzte höllisch, es pochte. Finn betete, dass sie nicht gebrochen war. Obwohl es sehr wahrscheinlich möglich war, sich irgendwie einen Schönheitschirurgen nach Hause kommen zu lassen. Egal wie. Das Internet war groß. Und wenn der Chirurg aus Polen kam. Egal. Hauptsache, er kam ins Haus und ließ sich in bar bezahlen.

Finn betastete vorsichtig seine Nase. Es tat zwar tierisch weh, aber bis auf die Platzwunde und eine beginnende Schwellung war nichts zu erkennen.

Und plötzlich fing Jenny an zu weinen. Erst war es ein leises Schluchzen, dann heulte sie los.

50. Jenny

Jenny litt mit. Finn hatte Schmerzen, und sie hatte das Gefühl, sich gleich übergeben zu müssen. Sie musste irgendwas tun. Das Ganze artete aus. Und Jenny ertrug keine Gewalt. Sie musste das hier irgendwie stoppen, bevor es noch mehr eskalierte. Aber wie?

Denk an was ganz, ganz Trauriges, Jenny. Denk an dich selbst. Nein, das reicht nicht. Denk an die Welt. Krieg, Hungersnot, tote Kinder, verpestetes Wasser, alles ist so unfair und ... Ah, es kommt.

Jenny schluchze, eine Träne lief aus ihrem Augenwinkel, und ihr Körper hatte den Start eingeleitet. Sie fing elendig an zu weinen. Einfach so. Das hatte sie schon immer gekonnt und sich als Kind oft zu Nutze gemacht. Wenn man heulte, wurde einem geglaubt. Man bekam Aufmerksamkeit. Und alle anderen wurden schrecklich nett, bemüht und umgänglich. Es war ein gemeiner Trick. Aber wenn Jenny nicht mehr wusste, wie sie einer Situation entfliehen konnte, dann fing sie einfach an zu weinen.

Finn nahm sie sofort in den Arm, ungeachtet dessen, dass er ihr Oberteil vollblutete. Saschas Miene änderte sich schlagartig, und sein entschuldigender Blick verriet sein aufkommendes schlechtes Gewissen.

Nur Nele reagierte eigenartig. Sie legte den Kopf schief und kniff die Augen zusammen.

»Was fängst du denn jetzt an zu flennen?« Nele ließ sich nicht so einfach erweichen. Aber zugegeben, der Trick funktionierte bei Männern wesentlich besser als bei Frauen.

Jenny wischte sich die Tränen aus dem Gesicht. Immerhin hatte sie es geschafft, die Stimmung im Raum zu ändern. Sie sah zu Sascha. Auch wenn sie Finns Meinung nicht unbedingt teilte, hatte sie das Gefühl, dass Sascha etwas vor ihnen verbarg. Und Jenny wollte wissen, was. »Jetzt mal ehrlich, Sascha. Gibt es da was, was du uns vielleicht sagen möchtest?«

»Ja. Irgendwie schon.«

»Was heißt, irgendwie schon?« Nele verdrehte die Augen. »Jetzt raus damit.«

»Ihr wollt die Wahrheit? Okay! Ich bin kein Patient von Hanna, und ich habe auch keine Schlafstörung.«

»Ha!«, schrie Finn triumphierend, wobei Blut aus seiner Nase spritzte. »Ich wusste es!«

»Ja, ist ja gut. Aber das Explodierender-Kopf-Syndrom gibt es wirklich!

»Aber du hast es nicht«, stellte Nele klar.

»Nein.«

»War ja klar, dass du dir ausgerechnet so was Krasses aussuchen musstest.« Finns Nase hörte langsam auf zu bluten.

Jenny war enttäuscht. Sie hatte Mitleid mit Sascha gehabt, dabei hatte er sie die ganze Zeit belogen.

»Wenn schon, denn schon«, prahlte Sascha, ohne eine Spur von Reue.

Finn war sauer. »Das passt zu dir. Große Klappe, nichts dahinter.«

»Ey, noch mal sorry, dass ich dir eben eine geballert hab, aber das ist jetzt auch kein Grund, so gemein zu werden. Außerdem hast du mich Bastard genannt, auf das Wort reagiere ich allergisch.«

»Jetzt saaag doch endlich mal, was Sache ist.« Nele ging das hier eindeutig viel zu langsam.

»Okay, okay«, sagte Sascha. »Jedenfalls bin ich nicht Hannas Patient, nein. Und auch nicht ihr Stalker. Obwohl ich sie irgendwie schon ein bisschen gestalkt hab. Aber nicht so, wie ihr jetzt denkt. Das hatte andere Gründe. Nichts Perverses, oder so. Ich bin ihr Sohn.«

Alle starrten ihn an. Schweigend. Und Jenny dachte kurz, dass jeder von ihnen wohl gerade dieser Schockziege glich.

Nele brach das Eis. »Ihr Sohn? Niemals. Sie war doch erst sechsunddreißig, oder? Da hat sie doch keinen erwachsenen Sohn.«

»Sie war erst siebzehn, als sie mich bekommen hat. Und sie hat mich zur Adoption frei gegeben. Mehr weiß ich auch nicht.« Sascha hob die Schultern. »Und leider werde ich jetzt wohl auch nicht mehr erfahren. Sie war wahrscheinlich die Einzige, die mir hätte sagen können, wer mein Vater ist. In meiner Geburtsurkunde ist nämlich keiner eingetragen. Ihr glaubt gar nicht, wie ich mir in den Arsch beiße, sie nicht einfach früher angesprochen zu haben. Jetzt kann ich gar nicht mehr mit ihr reden! Das ist echt kacke!«

»Das klingt ziemlich, wie soll ich sagen, unglaubwürdig.« Finn sprach das letzte Wort lang gedehnt aus.

Und Jenny gab Finn stillschweigend Recht. Hanna sollte einen Sohn haben?

Sascha sah zwischen ihnen hin und her und ballte die Fäuste. »Ihr glaubt mir nicht?«

»Wieso hast du sie nicht direkt angesprochen?«

»Haha, Nele, sehr lustig. Trau dich mal, deine Mutter anzusprechen, die dich weggegeben hat, und du weißt nicht, wieso. Wenn ihr mir nicht glaubt, fragt den Bullen. Diesen Zander. Der kennt die Wahrheit.« Sascha stiefelte wütend zur Haustür. Er riss sie auf, fluchte vor sich hin und drehte sich noch einmal zu ihnen um. »Ich schaff das auch ohne euch!« Er knallte die Tür zu und war weg. Kurz darauf hörte man eine Autotür, die fest zugeschlagen wurde.

Dann fuhr Sascha mit quietschenden Reifen davon.

51. Nele

Wieso kannte Phil die Wahrheit? Na ja, er war schließlich Polizist. Er würde Mittel und Wege haben, so etwas in Erfahrung zu bringen. Aber warum hatte er es ihr nicht erzählt? Um das herauszufinden, würde Nele sich sofort bei ihm melden, wenn sie wieder in ihrer Wohnung war.

Jenny musste auch zurück nach Hause und bestellte ein Taxi. Ihr fiel es sichtlich schwer, Finns Haus zu verlassen. Und auch er wollte sie nicht gehen beziehungsweise loslassen. Sie umarmten und küssten sich immer wieder, nachdem sie sich schon verabschiedet hatten. Das Spielchen ging ständig wieder von vorne los. Kitschig. Aber trotzdem freute Nele sich, denn auch sie war gerade frisch verliebt, und wenn man selbst verliebt war, gönnte man plötzlich jedem das vollkommene Glück.

Nur übertrieben Jenny und Finn es echt. Sie benahmen sich, als würden sie sich Jahre lang nicht mehr sehen. Dabei hatte Jenny versprochen, direkt am nächsten Tag wiederzukommen, sie musste nur eine Krankschreibung beim Arzt besorgen, da sie gerade blaumachte. Und außerdem wollte sie ihre Ersatzbrille bei ihren Eltern suchen, denn ihre normale Brille hatte sie verlegt. Das passierte ihr anscheinend ständig.

Nach gefühlt tausend Küssen und Umarmungen stiegen Jenny und Nele dann doch endlich ins Taxi und fuhren in die Stadt. Jenny bezahlte die Fahrt. Schon wieder. Nele ärgerte es, momentan kein Geld zu verdienen. Der nächste Monat sollte endlich anfangen, damit sie ihre neue Stelle antreten konnte. Es würde sich besser anfühlen, wieder eine Aufgabe zu haben. Ohne Job, wusste Nele nicht so richtig wohin mit ihrem Leben. Phil sollte sie nicht für eine arbeitslose Faulenzerin halten, die nichts Besseres zu tun hatte, als mit durchgeknallten Schlafgestörten Detektiv zu spielen. Das Problem war: Sie hatte momentan wirklich nichts Besseres zu tun.

Nele rief Phil an, sobald sie zu Hause war, und er bestätigte Saschas Story. Er hatte sie überprüft: Hanna war tatsächlich Saschas leibliche Mutter. Unfassbar. Sie hatten ihm Unrecht getan und mussten sich unbedingt entschuldigen. Auch wenn es fairer von Sascha gewesen wäre, ihnen einfach von Anfang an die Wahrheit zu sagen.

Aber all das vergaß Nele, als Phil ihr unvermittelt anbot, bei ihm vorbeizukommen. Sie machte sich schnell frisch und fuhr mit der Bahn zu ihm.

Phil wohnte am Rand der Stadt, fast schon etwas dörflich. Doch als sie seine Wohnung betrat, änderte sich ihr Bild. Er wohnte im Dachgeschoss, war sehr modern und stilvoll eingerichtet und hatte eine große, hölzerne Dachterrasse, von der man die gesamte Stadt überblicken konnte.

»Wow.«

Phil gesellte sich zu ihr auf die Terrasse und reichte ihr ein Bier.

»Prost.«

»Und du wohnst hier ganz alleine?«

»Ja.«

»Ist 'ne ziemlich große Wohnung.«

»Schon, ja. Hab auch nicht immer allein hier gewohnt«, antwortete Phil lakonisch, und Nele ärgerte sich ein bisschen. Er wusste doch garantiert, worauf sie hinauswollte. Musste man ihm jetzt alles aus der Nase ziehen? »Es wird wohl keine WG gewesen sein. Oder?«

»Nein, ich bin mit meiner damaligen Freundin hier eingezogen. Ist aber schon eine Weile her. Ich wohne jetzt seit über zwei Jahren alleine. Und du? Hattest du noch was nach Michael?«

»Nur Spaß. Nichts Ernstes.« *Na toll, Nele!* Damit stand im Raum, ob es zwischen Phil und ihr ernst werden könnte. Es war noch zu früh, das anzusprechen, aber andererseits hatte sie auch keinen Bock auf ein gebrochenes Herz.

»Und wir zwei?« Sie musste einfach fragen, auch wenn es sich total blöd anfühlte.

»Was soll mit uns sein?«

Kapierte er echt nicht, was sie meinte? Nele wollte sich nicht zum Affen machen, aber sie wollte wissen, woran sie war. »Ich mein ja nur, dass wir beide uns so super verstehen. Und das nicht nur im Bett.«

»Ja, der Sex war wirklich der absolute Wahnsinn. Können wir gerne wiederholen. Jederzeit.«

»Und könnte das mit uns auch mehr werden als Sex?«

Er nahm einen Schluck aus seiner Flasche, und Nele fragte sich, ob er so Zeit gewinnen wollte. »Sorry, aber dazu kann ich jetzt noch nichts sagen. Wir kennen uns ja kaum. Und da gibt es außerdem noch dieses Problem.«

»Nämlich?«

»Na ja. Wie soll ich sagen? In erster Linie bist du irgendwie eine Verdächtige.«

»Bitte was? Ernsthaft?!«

»Also, vielleicht nicht in erster Linie. Aber, Nele, versteh mich bitte. Ihr habt alle mehr oder weniger ein Motiv, du aber eigentlich besonders. Es ist halt so, dass Hanna dir deinen Freund beziehungsweise sogar Verlobten ausgespannt hat. Und Rache ist ein ziemlich beliebtes Motiv für Mord.«

Nele war sprachlos. Phil versuchte, sie mit einer Umarmung zu beschwichtigen, aber sie stand kurz davor auszurasten und drückte ihn von sich weg. »Du denkst also wirklich, ich könnte eine Mörderin sein?«

»Nein, aber … Ich meine, was wenn zum Beispiel dein schlafendes Ich es war? Mal ehrlich, du weißt doch gar nicht, was du nachts treibst. Ich hab mal recherchiert. Bei der Sexsomnia verlassen die Betroffenen eher selten das Bett. Du aber stehst auf, du gehst raus, du warst sauer auf Hanna …«

»Moment mal!« Sie musste ihn einfach unterbrechen. »Ja, zugegeben, ich schlafwandle eben ziemlich extrem. Du aber doch auch! Wer spaziert denn hier nachts nackt mit seiner geladenen Waffe durch die Gegend?« Dass Nele selbst an sich zweifelte, war das eine. Aber dass Phil ihr zutraute, zu einem Mord fähig zu sein, tat weh. Es ließ sie sofort wieder eine Mauer um ihr Herz bauen. Nele bereute, sich ihm anvertraut zu haben. Sie musste die Tränen zurückhalten.

Phil wollte ihr in die Augen sehen, aber sie wich seinem Blick aus und starrte einfach in die Ferne. »Nele, bevor ich nicht weiß, wer Hanna das angetan hat, beziehungsweise bevor ich nicht hundertprozentig ausschließen kann, dass ihr, also du oder eure Truppe, was damit zu tun habt, kann ich mich nicht fest auf eine Sache mit uns einlassen. Verstehst du das?«

Ja, Nele verstand. Und wie sie verstand. »Pisser! Mit mir ins Bett steigen konntest du aber schon. Damit hattest du keine Probleme!« Sie drückte ihm das Bier wieder in die Hand, ging mit lauten, trampelnden Schritten durch die Wohnung zur Haustür und rannte raus. Sie hörte noch, wie er ihr nachrief: »Nele, warte! Lass mich das erklären!«, aber sie drehte sich nicht um, denn Tränen liefen über ihre geröteten Wangen. Nicht nur, weil

Phil sie enttäuscht hatte und sie nicht wusste, ob er überhaupt echte Gefühle für sie hatte. Schlimmer war ein ganz anderer Gedanke: Was, wenn er recht hatte?

52. Phil

Phil war dermaßen wütend auf sich selbst, dass er gegen eine Stehlampe im Wohnzimmer trat, die sofort umfiel. Warum hatte er das getan? *Vollidiot!* Er hatte dieses Mädchen so gern, warum sagte er Nele, dass er sie verdächtigte?

Er hatte sie nicht anlügen wollen. Sie hatte ihn einfach so mit der Frage überfallen, ob er sich eine Beziehung mit ihr vorstellen konnte. Nele hatte nicht direkt gefragt, aber irgendwie schon klargemacht, dass sie es wissen wollte. Nur hatte Phil darauf momentan keine Antwort. Natürlich war es scheiße, einer Frau, mit der man geschlafen hatte, im Nachhinein zu sagen, dass daraus nicht mehr wurde. Allerdings war das bei Nele ja auch gar nicht der Fall. Phil wollte einfach nur noch etwas abwarten. Der Grund war aber nicht, dass er sich bei Nele nicht sicher genug war. Er fand sie umwerfend und wollte einer festen Beziehung mit ihr auf jeden Fall eine Chance geben. Doch dafür musste er hundertprozentig ausschließen können, dass Nele Hanna angegriffen hatte. Eigentlich sagte sein Instinkt ihm, dass sie als Täterin nicht in Frage kam. Aber konnte er seinem Instinkt überhaupt noch trauen? Bei Nele wohl eher nicht. Verdammt, ja, er hatte Gefühle für diese Frau. Sie war wirklich einzigartig. Scheiß Gefühle! Dadurch war seine sonst so verlässliche Polizisten-Spürnase im Eimer. Hätte er mal einfach die Fresse gehalten. Wieso hatte er ihr gesagt, dass er sie verdächtigte? Grundregel Nummer eins der Polizeischule: Sag den potenziellen Tätern nicht, dass du sie verdächtigst, sondern wieg sie in Sicherheit.

Also warum benahm er sich wie ein Volltrottel? Weil er verliebt war, deshalb.

Als Phil bei Nele übernachtet hatte, war er dort aufgewacht, wo er eingeschlafen war. Was selten vorkam. Vor allem, wenn er auswärts übernachtete. Oft ging er dann nachts einfach nach Hause. Schlafend. Und am nächsten Tag wachte er im eigenen Bett auf, ohne zu wissen, wie er dorthin gekommen war. Doch bei Nele war es anders gewesen. Besonders. Er war mit einem wohlig warmen Gefühl eingeschlafen und genauso wieder aufgewacht. Und jetzt wollte er das jeden Tag haben. Das war der Hammer. Er war total angefixt. Aber er hatte es natürlich voll verkackt. Und jetzt war das Mädchen weg.

Er hatte immer noch ihr Bier in der Hand und nahm einen großen Schluck. Was sollte er jetzt tun? Phil setzte sich auf die Couch und betrachtete die umgekippte Stehlampe, die wenigstens so robust war, dass sie noch leuchtete.

Die Stunden vergingen. Er vernichtete noch drei Bier, während er auf seinem Sofa saß und in die Luft starrte. Dann sah er wieder auf die immer noch am Boden liegende Stehlampe. Er wollte gerade aufstehen, um sie aufzuheben, als ihn ein Geräusch aus seinen Gedanken riss.

Es klingelte.

53. Finn

Es war seltsam, wieder allein zu sein, obwohl Finn sich eigentlich am wohlsten fühlte, wenn er alleine war. Aber etwas hatte sich verändert. Sein Haus fühlte sich leer an. Kein Wunder. Es war leer. So wie sonst auch. Also was war das Problem?

Er war es. Er fühlte sich leer. Als wäre das Leben kurz vorbeigekommen und dann einfach durch die Tür verschwunden. Finn hatte vergessen, wie es sich anfühlte zu leben. Aber jetzt erinnerte er sich wieder. Und das dank der merkwürdigen Begebenheit, dass ein paar von Hannas Patienten hier aufgetaucht waren. Und Finn sich verliebt hatte.

Er würde Jenny anrufen.

Es klingelte nur einmal, schon hob sie ab. Als hätte sie seinen Anruf erwartet. Schon ihre Stimme hüllte ihn in Wärme wie eine Umarmung. Jenny berichtete ihm, dass sie mit Nele gesprochen hatte. Phil hatte Nele bestätigt, dass Hanna Saschas Mutter war.

Der Penner hatte also doch nicht gelogen. Finn überkam ein kurzer Anflug eines schlechten Gewissens. Aber dann erinnerte er sich, dass Sascha ihm eine verpasst hatte, seine Nase immer noch schmerzte und sein eigentlich zartes Gesicht dank der Schwellung total entstellt war.

Während Jenny Überlegungen anstellte, ob nun Polizist Phil, der verheimlichte, Hannas Patient zu sein, oder Sascha, der vielleicht Rache nehmen wollte, weil Hanna ihn weggegeben hatte, oder vielleicht sogar Nele hinter der Tat stecken könnte, dachte Finn bloß daran, dass dieses Mädchen vor kurzer Zeit noch vorgehabt hatte, sich von einer Brücke zu stürzen. Er durfte auf keinen Fall zulassen, dass es Jenny schlecht ging. Sie musste glücklich sein. Glücklich und dazu am besten an seiner Seite. Sie sollte jeden Tag ihres Lebens genießen. Das hatte sie verdient. Aber hatte er das überhaupt verdient? Was hatte er schon geleistet?

Finn war einfach nur feige und versteckte sich schon seit Jahren vor den Typen, denen er damals das Geld geklaut hatte. Dabei wusste er nicht einmal, ob sie ihn überhaupt noch suchten. Obwohl er sich bei der Höhe der verschwundenen Summe ziemlich sicher war, dass sie ein Kopfgeld auf ihn ausgesetzt hatten.

54. Phil

Es klingelte.

Phil fragte über die Gegensprechanlage, wer da war. Keine Antwort. Er drückte auf, und unten öffnete jemand die Tür. Er hörte Schritte. Klackernd. Hohe Absätze. Eine Person. Er ließ die Wohnungstür geschlossen und blickte durch den Spion.

Nele.

Phils Herz machte einen Sprung. Sie war zurückgekommen! War sie hier, um sich zu versöhnen? Hatte sie ihm verziehen? Doch als er die Tür öffnete, erkannte er, dass er auf dem völlig falschen Dampfer war. Nele war zwar hier, aber sie war nicht wach. Sie hatte keinen fokussierten Blick und sah durch Phil hindurch. Sie trug einen grauen, karierten Mantel und trat ein.

Als Phil die Tür schloss, streifte Nele sofort den Mantel ab, und darunter kamen ein paar verdammt heiße rosa Dessous zum Vorschein. Verdammte Kacke! Natürlich wollte er mit ihr schlafen, aber das war ja noch schlimmer, als wenn man mit einer völlig Betrunkenen Sex hatte!

Nele schmiegte sich an ihn, küsste ihn und fasste ihm beherzt in den Schritt. Schnell regte sich etwas. Sie zog seine Hose herunter, ging auf die Knie und nahm sein wachsendes Glied in den Mund. *Jein*! Sofort schoss Phil der Refrain des Fettes-Brot-Songs durch den Kopf Er hatte schon immer mal Sex in seinem Flur haben wollen. Aber nein, nicht so.

Phil versuchte, sie wegzuschieben. Doch Nele wehrte sich, umschloss seinen Schwanz gierig mit ihren Lippen und saugte sich fest. Er drückte ihren Kopf zurück, aber er bekam sie nicht ab. Sie umklammerte seine Beine und seinen Po mit ihren Armen.

»Nele! Wach auf!«, schrie er sie an, aber sie reagierte nicht.

Er schaffte es, ihren Körper mit einem festen Ruck von seinem zu lösen. Aber es schmerzte grausam. Nicht wegen des Vakuums, das sich um seinen Penis gebildet hatte und sich jetzt schmatzend löste. Sondern, weil sie mit ihren Zähnen leicht an dem echt empfindlichen Bändchen an der Eichel hängen blieb. Es tat verdammt weh, und trotzdem war er höllisch geil.

Sie stand auf, umarmte ihn und ließ ihre Hände zu seinem nackten Po wandern. Ohne Vorwarnung hatte Phil ihren Mittelfinger dort, wo eine Entjungferung für heute eigentlich nicht auf dem Plan stand. Sie konnte ihm doch nicht einfach so den Finger in den Arsch stecken!

55. Sascha

Er fand es voll kacke, dass keiner ihm glaubte. Jenny, Finn, Nele, alle scheiße. Für 'n Arsch. Phil kannte die Wahrheit, also würden die anderen sie bestimmt auch noch erfahren. Und dann? Würden sie sich dann alle wieder vertragen und gemeinsam aufklären, wer Hanna das angetan hatte?

Er war bei ihr im Krankenhaus. Bei seiner Mutter, die er so gerne richtig kennengelernt hätte. Jetzt lag sie hier vor ihm, konnte nicht sprechen, nicht selbstständig atmen, ihn nicht mal ansehen. Warum hatte er sich nicht getraut, sie vorher anzusprechen? Vielleicht hätte er den Angriff auf sie sogar verhindern können. Wieso hatte er ihr Haus in dieser Nacht nicht beobachtet? Er war ihr so nah und doch ferner denn je. Zum Kotzen.

Es hatte so lange gedauert rauszubekommen, wer sie war und wo sie wohnte. Und er hatte so viele Fragen an sie, dass er sie sogar in einem kleinen Büchlein notiert hatte. Das brachte ihm nichts mehr. Fuck. Sascha war mies drauf. *Scheiß auf Freunde, ich schaff das alleine.*

Er musste auf andere Gedanken kommen, und als er Hannas Sachen durchwühlte, wusste er auch, wie ihm das gelingen würde.

56. Hanna

Sascha hatte sich fast den ganzen Tag erfolgreich in meinem Krankenzimmer versteckt. Und das war völlig okay. Er war mein Sohn. Ich hätte ihn beschützen sollen, als ich noch am Leben war.

Ich wurde kurz vor meinem siebzehnten Geburtstag von einem Mitschüler schwanger. Wir waren nicht mal ein Paar, aber alle anderen aus unserer Clique hatten schon Sex gehabt. Wir haben uns total unter Druck gesetzt und es deshalb einfach miteinander probiert. Der Sex war furchtbar, keiner wusste, was er mit dem anderen anstellen sollte. Aber geklappt hatte es trotzdem. Wir waren so aufgeregt, dass wir nicht daran dachten, zu verhüten. Und zack – ich war schwanger.

Meine Familie war natürlich alles andere als begeistert. Dazu muss man wissen, dass ich in einem recht elitären Umfeld aufgewachsen bin. Was die Nachbarn dachten war meist wichtiger als das, was man selbst von sich hielt. Meine Eltern erwarteten, dass ich ein Spitzenabitur hinlege, studiere, einen Doktor mache und so weiter. Und das alles habe ich auch getan. Nur, dass ich Sascha dafür geopfert habe, und das werde ich mir nie verzeihen.

Ich wurde für einige Monate zu Hause unterrichtet, als man die Schwangerschaft nicht mehr verbergen konnte. Ich habe Sascha nur einmal ganz kurz im Arm gehalten. Direkt nach der Geburt. Meine Eltern haben danach nie wieder mit mir über dieses Thema geredet. Psychologisch gesehen ist das absolut pathologisch. Und wahrscheinlich haben sie es wirklich so gut verdrängt, dass sie nicht mehr daran denken. Aber ich habe Sascha nie vergessen.

Deshalb hatte ich auch in meinem Testament verfügt, dass mein leiblicher Sohn ausfindig gemacht werden und alles erben soll, was ich besitze. Hätte ich noch mehr Kinder bekommen, hätte ich das wohl angepasst, aber so weit wäre es mit Michael wahrscheinlich eh nicht gekommen. Ich hatte mit dem Gedanken gespielt, ihn zu verlassen. Aber irgendwie fehlte mir der Elan, es auch wirklich zu tun. Es war nicht schlecht mit Michael. Es war okay. Aber eben nur okay und irgendwie auch ein bisschen langweilig.

Sascha würde also nun alles erben. Und er konnte sich auf eine Überraschung gefasst machen, denn ich hatte einiges gespart. Es war also auch völlig in Ordnung, dass er die Sachen durchwühlte, die meine Eltern vorbeigebracht hatten. Es gehörte sowieso alles ihm.

57. Jenny

Jenny wäre lieber bei Finn geblieben, aber sie brauchte dringend frische Unterwäsche, und sie musste sich unbedingt rasieren. Es war ihr ganz schön peinlich gewesen, als Finn sie ausgepackt hatte und dem Bären begegnet war.

Sie würde morgen früh zum Arzt gehen und sich krankschreiben lassen. Bei so wenig Schlaf, wie sie bekam, war das kein Problem. Eigentlich hatte sie zwar eine sehr coole Chefin, bei der sie für ein, zwei Tage kein Attest brauchte, aber Jenny war lieber auf der sicheren Seite.

Nach dem Arztbesuch würde sie ihre Sachen packen und zu Finn fahren. Und dort würde sie erst mal bleiben, und zwar auf unbestimmte Zeit. Finn hatte ihr angeboten, so lange beim ihm zu wohnen, wie sie wollte. Warum also nicht für immer?

Schon jetzt dämmerte Jenny, dass es ein ganz, ganz schlechtes Vorhaben war, diese Nacht ohne ihn zu verbringen. Es wurde dunkel, und sie bekam dieses mulmige, beklemmende Gefühl in der Magenregion. Das, das Albträume ankündigte.

Dazu war sie auch noch ganz alleine in ihrem Elternhaus. In ihrem Kinderzimmer. Aber wo hätte sie nach der Trennung von Alex sonst hingesollt? Und außerdem durfte man sich darüber nicht beschweren, denn ihr Kinderzimmer umfasste fast sechzig Quadratmeter, hatte ein eigenes Bad mit Wanne und bodentiefe Fenster, durch die sie über den prächtigen Vorgarten hinweg auf die kaum befahrene und topgepflegte Privatstraße sehen konnte.

Das Haus war riesig und mit Alarmanlagen, Kameras und Bewegungsmeldern bestens ausgestattet. Nach außen mochte es so wirken, als sei man in diesem Haus sicher. Aber Jenny kannte die Schwachstellen, und das Problem war, Alex kannte sie auch. Was, wenn er hier einbrechen würde?

Ihre Eltern waren auf den Bahamas oder Tahiti oder sonst wo. So oft, wie sie Urlaub machten, kam Jenny damit ständig durcheinander. Sie war ganz alleine im Haus. Früher hatten sie mehrere Angestellte gehabt. Jetzt kam zweimal die Woche eine Putzfrau und wöchentlich gleich ein ganzes Team von Gärtnern. Aber momentan war niemand hier. Jenny überwachte regelmäßig die Monitore der Überwachungskameras.

Vielleicht würde sie doch schon gleich zu Finn fahren. Sie konnte morgen früh auch von ihm aus ein Taxi zum Arzt nehmen. Eine Nacht hier auszuhalten war furchtbar anstrengend. Zu schlafen fast unmöglich. Und bei Finn hatte sie sogar richtig durchschlafen können. Das hatte sie ewig nicht getan.

Jenny schrak zusammen, als eine Katze durchs Bild der Überwachungskamera schlich, die den Teil des Gartens zeigte, wo die Terrasse war. Die Bewegungsmelder waren so empfindlich eingestellt, dass selbst ein vorbeiwehendes Blatt sie auslöste. Ständig ging irgendwo draußen das Licht an. Jenny war die ganze Zeit in Alarmbereitschaft. Sie hasste dieses Haus. Allein, weil sie kurz nach der Ankunft ihr Handy verlegt hatte, nachdem sie mit Finn telefoniert hatte. Jetzt fand sie es nicht mehr. Und da sie bisher auch ihre Ersatzbrille nicht gefunden hatte, war es eh sinnlos, irgendetwas zu suchen. Sie war halb blind. Das Handy und die Brille lagen irgendwo hier im Haus. Aber wo? Sie wollte hier weg. Sie würde noch einmal nach ihrem Handy suchen und sonst übers Festnetz ein Taxi rufen und zu Finn fahren.

Sie wollte nicht länger alleine in dieser riesigen Villa bleiben.

58. Nele

Nele wachte in einem fremden Bett auf, an das sie zu allem Überfluss auch noch mit Handschellen angekettet war. Es war stockfinster draußen. Der Radiowecker neben dem Bett zeigte 00:46 Uhr an. Als sie sich umsah, erkannte sie die Wohnung.

»Hallo?«

Es blieb still und dunkel.

»Phil?«

Im Wohnzimmer ging das Licht an, kurz darauf tappte Phil verschlafen ins Schlafzimmer. Er trug eine Boxershorts und ein verwaschenes T-Shirt. Nele war bis zum Hals zugedeckt und erkannte nicht, was und ob sie überhaupt etwas trug.

»Willst du wissen, was passiert ist?« Er setzte sich auf die Bettkante.

»Ich glaube, lieber nicht. Ich kann es mir schon denken. Könntest du mich bitte von diesen Dingern befreien.« Nele ruckelte an den Fesseln und bewegte damit das Gitterkopfstück des Bettes.

»Also, es ist nichts gelaufen, nur damit das klar ist. Ich hab brav auf der Couch gepennt, wie du siehst.«

»Tja, das muss ich dir ja jetzt glauben.«

»Für wen hältst du mich?« Phil reagierte empört.

»Das ist gar nicht die Frage. Die Frage ist, für wen oder was ich mich selbst halte. Und ob ich brav war. Kann ich mir nämlich nicht vorstellen. Kannst du jetzt endlich mal die Handschellen aufmachen?«

Er holte die Schlüssel und befreite sie. Als Nele die Decke zurückschlug, sah sie, dass sie ihr verführerisches rosa Negligee trug. Ihr notgeiles, schlafwandelndes Ich war also wieder unterwegs gewesen und natürlich zu Phil gerannt. »Tut mir wirklich leid. Ich gehe auch sofort wieder.«

»Musst du nicht. Wo du schon hier bist, können wir auch noch zusammen frühstücken.« Phil spielte die Sache herunter, was Nele sehr angenehm war, da sie sich gerade in Grund und Boden schämte.

»Danke, aber das ist keine gute Idee. Außerdem ist es noch mitten in der Nacht. Ein bisschen früh für Frühstück. Findest du nicht?« Nele ging in den Flur, suchte ihre Sachen zusammen und zog ihren Mantel und ihre nuttigen, unbequemen Stöckelschuhe an.

Phil kam ihr nach. »Essen kann ich immer. Und ich muss den Mahlzeiten auch keine Namen geben. Aber wenn du besagtes Frühstück nur um eine gewisse Zeit zu dir nehmen möchtest, dann hätte ich schon eine Idee, wie wir die Stunden bis dahin nutzen könnten.«

Er grinste sie mit funkelnden Augen an, die ganz klar sagten: Ich will mit dir ins Bett. Und angesichts der Latte, die Phil vorzuweisen hatte, fühlte Nele sich ziemlich geschmeichelt. Und warum auch nicht? Der Sex mit ihm war phänomenal gewesen. Warum das Ganze also nicht wiederholen? Sie hatte ja Lust, mit ihm zu schlafen, aber sie war immer noch sauer auf ihn.

»Wie gesagt, es tut mir echt leid. Ich geh jetzt besser.« Nele machte auf cool. Wenn, dann wollte sie auch erobert werden.

»Das muss dir nicht leidtun. Jetzt hau doch bitte nicht direkt wieder ab. Ich muss mich außerdem unbedingt bei dir entschuldigen. Das vorhin war …« Er suchte nach Worten, als sein Handy klingelte, das in der Diele auf einer kleinen antiken Anrichte lag und am Ladekabel hing. Phil nahm das Handy in die Hand und sah Nele an, um den Satz zu vollenden: »Das vorhin war echt kacke von mir. Sorry.«

Er sah aufs Display. »Die Arbeit. Tut mir leid, da muss ich rangehen.« Er sah sie flehend an und machte mit erhobener flacher Hand eine Geste, die wohl sagen sollte: Bitte renn jetzt nicht weg. Er nahm den Anruf an, ließ Nele aber nicht aus den Augen. »Steffi, was belästigst du mich mitten in der Nacht?«

59. Phil

Steffen klang aufgeregt, es schien also wichtig zu sein, aber Phil hatte eigentlich gerade Besseres zu tun. Denn auch wenn Nele sagte, dass sie gehen wollte, so machte sie doch eher den Eindruck, als hätte sie vor, ihn gleich flachzulegen. Und das wollte Phil sich eigentlich nicht entgehen lassen.

»Phil, hi, also, hör zu. Phil? Ja, hi, also hörst du mich?«, brabbelte Steffen.

»Ja, Steffi. Was ist los, Prinzessin?«

»Also, die Spurensicherung konnte ja leider keine brauchbaren Fingerabdrücke auf dem Golfschläger selbst finden, aber wir haben bei Bernhard von Kampen noch mal das Haus auf den Kopf gestellt. Du weißt schon, bei dem eingebrochen wurde. Wo der Täter die Tatwaffe geklaut hat.«

»Wir wissen nicht, ob es der Täter war. Vielleicht hat er den Dieben den Golfschläger auch abgekauft.«

»Jedenfalls haben wir dort Spuren sichern können, auch einen Fingerabdruck. Wir haben ihn durch die Datenbank gejagt und haben einen Treffer. Alexander Wolf. Vorbestraft wegen Körperverletzung, Diebstahl und Nötigung.« Das klang passend. »Wir sind schon auf dem Weg zu ihm.«

»Schick mir die Adresse, ich fahr sofort hin.« Phil legte auf. Nele sah ihn mit großen Augen an.

»Geht's um Hanna?«

»Ja.« Phil wäre so gerne geblieben, aber er musste diesen Fall aufklären und verhindern, dass Steffi sich nachher noch als Einsatzleiter aufspielte.

»Habt ihr den Kerl?« Nele pulte sich an den Fingernägeln herum. Das machte sie also, wenn sie nervös war. Süß irgendwie.

»Nicht zu hundert Prozent. Ich muss los. Leider. Ich möchte aber wirklich in Ruhe mit dir reden, wenn du mir die Chance lässt.«

»In Ordnung.« Nele setzte ein versöhnliches Lächeln auf.

Er hatte also noch eine Chance. Er gab ihr einen Kuss auf die Wange, da er dafür aber einen recht enttäuschten Blick erntete, küsste er sie auf den Mund, und sie drückte ihren Körper fest an seinen.

Als ihre Lippen sich lösten, verharrten ihre Köpfe noch eine Weile ganz nah aneinander.

»Danke, Nele. Das weiß ich ehrlich zu schätzen.« Phil hörte sein Handy piepen, was bedeutete, dass er losmusste. Steffen hatte ihm die Adresse des Verdächtigen geschickt – mit einem zwinkernden Smiley und einem Daumen hoch. Was sollte der Scheiß? – und Phil ertappte Nele dabei, wie sie sein Display studierte.

»Alexander Wolf?«

»Ja. Sagt dir der Name was?«

60. Sascha

Sascha hatte seiner Mutter Geld geklaut. Das war nicht cool, aber sie konnte es sowieso nicht mehr gebrauchen, und er war völlig blank.

Er hatte im Krankenhaus ihre Sachen durchwühlt und vierhundert Euro gefunden. Und im selben Moment hatte er sich gefragt, wer ihr überhaupt diese Sachen gebracht hatte. Es musste jemand sein, der noch voller Hoffnung war, dass sie wieder aufwachte. Leider sah es aber nicht danach aus, dass Hanna jemals wieder dazu in der Lage sein würde, Geld auszugeben.

Und Sascha konnte es momentan wirklich gut gebrauchen. Er konnte sich für heute Nacht einen Schlafplatz in einem Hotel gönnen und musste nicht wie letzte Nacht im Auto pennen. Immerhin hatte er den Mustang danach wieder dort geparkt, wo er gestanden hatte, als er ihn sich geborgt hatte. Und er hatte den Schlüssel stecken lassen. Wenn jetzt jemand anders den Wagen klaute, war das nicht sein Problem. Er hatte also ein reines Gewissen. Es war nicht mal ein Kratzer dran. Nur der Tank war so gut wie leer.

Doch selbst bei einem super Schlafplatz würde Sascha heute kein Auge zumachen. Ihm ging zu viel im Kopf herum. Wie sollte es weitergehen? Er war hierhergekommen, um Hanna zu finden, und das hatte er geschafft. Und jetzt? Er musste den Täter finden, so viel war klar. Er wollte sich an dem Menschen rächen, der ihm die Chance genommen hatte, seine Mutter kennenzulernen.

Saschas Gedanken überschlugen sich. Wer hatte Hanna das angetan? Ihr Lebensgefährte? Dieser schmierige

Michael? Oder war es einer ihrer Patienten? Vielleicht sogar jemand aus der Gruppe? Aber wer? Das konnte er sich nicht vorstellen.

Obwohl, vielleicht dieser Cop? Vielleicht gab es Infos über Polizeikommissar Phil Zander, die nicht ans Licht kommen durften. Und Hanna wusste zu viel. Oder Finn war nicht bloß ein durchgeknallter Psycholangweiler, sondern ein völlig irrer Psychokiller, der Hanna hinterrücks erschlagen hatte und jetzt einfach so tat, als würde er seine Bude nie verlassen. Und da waren noch Jenny und Nele. Jenny könnte niemandem etwas zu Leide tun, außer vielleicht aus Angst, aber niemals würde sie losziehen, um jemanden kaltzumachen. Sie war der Typ Notwehr. Und Nele. Welchen Grund sollte sie gehabt haben, Hanna töten zu wollen? Hatte überhaupt einer von ihnen das Potenzial, jemanden umzubringen, oder war nicht viel mehr er selbst derjenige, der von allen am wahrscheinlichsten als Täter in Frage kam?

Was die anderen wohl jetzt gerade machten? Und was sie von ihm dachten? Ob sie über ihn redeten? Und ob sie ihn noch mochten? Hatten sie ihn überhaupt jemals gemocht? Sascha brauchte Ablenkung. Auch wenn er dieses Syndrom nicht hatte, hatte er trotzdem das Gefühl, dass sein Kopf gleich explodieren würde. Was Sascha jetzt brauchte, waren laute Musik, attraktive Frauen und Alkohol.

61. Phil

Phil kam bei der Adresse an, die Steffen ihm per SMS geschickt hatte, und traf drei seiner Kollegen vor der Tür. Der Verdächtige wohnte in einem heruntergekommenen Hochhaus mit zwanzig Parteien. Sie verschafften sich Zugang zum Haus, indem sie die Tür zum Treppenhaus knackten. Jetzt galt es, die Lage zu überblicken. Jede Wohnung hatte ein beschriftetes Klingelschild, was sehr vorteilhaft war. Der Tatverdächtige wohnte im vierten Stock. Sie positionierten sich vor der Tür, und Steffen klopfte.

Keine Reaktion.

Aus der gegenüberliegenden Tür trat eine ältere Dame mit Haarnetz, Brille und einem handtaschengroßen Hund im Arm. »Kann ich Ihnen helfen?«

»Vielen Dank, alles unter Kontrolle. Gehen Sie bitte wieder rein. Zu Ihrer eigenen Sicherheit«, versuchte ein Kollege zu übermitteln, dessen Namen Phil sich einfach nicht merken konnte. Es war irgendwas mit M – Martin, Matthias, Manuel?

Doch die Nachbarin ließ sich von dem Polizeiaufgebot vor ihrer Wohnung nicht sonderlich beeindrucken. »Aber ich muss noch mal mit dem Hermann raus. Sagen Sie, suchen Sie den Herrn Wolf? Der ist so gut wie nie da. Was hat der denn verbrochen? Bestimmt was mit Drogen, oder?«

Steffen klingelte und klopfte erneut. Phil streichelte dem kleinen Köter über den Kopf, der sofort nach ihm schnappte.

»Hermann!«, fauchte die Frau ihren Vierbeiner an, als Phil schnell seine Hand wegzog. »Nicht! Aus! Böser

Hund! Das ist doch die Polizei. Das sind doch die Guten! Entschuldigen Sie bitte. Hermann musste heute Morgen zum Arzt. Er ist geimpft worden. Deshalb ist er gar nicht gut drauf gerade, sonst ist er wirklich ein Sonnenschein. Aber er hat immer noch kein Häufchen gemacht, wissen Sie. Und er pupst die ganze Zeit.«

»Kein Problem. Dann gehen Sie mal besser schnell mit ihm raus. Nur eine kurze Frage: Wann haben Sie Ihren Nachbarn denn zum letzten Mal gesehen?«

»Das ist bestimmt schon so zwei, drei Tage her. Aber wenn Sie reinwollen, der Hausmeister wohnt im Erdgeschoss. Der hat Schlüssel zu jeder Wohnung hier im Haus.«

Phil warf Steffen einen Blick zu, und sein überambitionierter Kollege stürmte im Eilschritt die Treppe runter, als wäre es ein SEK-Einsatz. Kurz darauf kam er mit dem Hausmeister zurück. Ein verschlafener, mürrischer Mann mit Bierbauch und Halbglatze probierte mehrere Schlüssel eines Schlüsselbundes mit einem Anhänger, der aussah wie ein Pin-up-Girl.

Die Tür öffnete sich. Sie betraten vorsichtig die Wohnung.

Der Hausmeister blieb draußen, Frau Kraus, wie sie sich inzwischen vorgestellt hatte, folgte ihnen und musste zweimal gebeten werden, im Hausflur zu bleiben. Hermann kläffte.

»Herr Wolf? Polizei! Ist hier jemand?«

Phil und seine Kollegen sicherten die Räume. Niemand war hier. Die Wohnung machte einen chaotischen Eindruck. Anhand der Blumenbilder und der kitschigen Kronleuchter-Attrappe im Wohnzimmer ließ sich aber erahnen, dass hier mal eine Frau gewohnt hatte. Aber sie war nicht mehr da. Auf jedem Tisch, auf jeder Fensterbank und auch sonst in fast jeder Ecke fand man Vasen mit Blumen, doch sie waren alle verwelkt. Der weibliche Charme war verflogen und hatte nur ein paar klägliche Überreste hinterlassen.

Neben dem Sofa stand eine Bong. Auf dem Tisch lagen haufenweise Gras und Koks. Was zum Runterkommen und was zum wieder Raufkommen. Eine gefährliche Mischung. Man funktionierte gar nicht mehr ohne.

Phil hatte es zwei Jahre gekostet, um von genau dieser scheiß Kombination wieder wegzukommen. Er hatte sich morgens ein, zwei Lines gezogen, vielleicht in der Mittagspause noch eine, und hatte auf der Arbeit Vollgas gegeben. Und dann, abends, hatte er mindestens zwei Joints gebraucht, um überhaupt schlafen zu können. Und da fing es an. Das Schlafwandeln. Er hatte irgendwann erkannt, dass er Hilfe brauchte, und fand Hanna. Er wurde clean, doch das Schlafwandeln ging weiter.

Im Badezimmer des Tatverdächtigen entdeckte Phil einige Zettel mit aufbauenden, lebensbejahenden Sprüchen wie: »Geh an deine Grenzen und darüber hinaus.« Hier hatten einmal mehr davon geklebt, die meisten waren abgerissen worden, aber ein paar hingen noch am Spiegel.

»Phil, ich hab hier was!«, rief der Kollege, dessen Namen er nicht genau wusste. Aber unangenehmerweise kannte der Kerl seinen Namen, da konnte er sich ihm unmöglich noch mal vorstellen.

Phil ging ins Schlafzimmer, wo Mister M. Unbekannt und Steffi ihm stolz eine Golftasche mit der Ausrüstung von Bernhard von Kampen präsentierten.

»Und hier ist noch mehr Hehlerware.« Steffen zeigte ihm stolz Schmuck, Uhren, einige neue Notebooks und Smartphones. Damit hatten sie mit hoher Wahrscheinlichkeit den Täter.

Aber wo steckte Alexander Wolf jetzt?

62. Finn

»Hab ich dich da gerade richtig verstanden, Nele?«

Finn hatte erst ein schlechtes Gewissen gehabt, Nele mitten in der Nacht anzurufen. Aber er erreichte Jenny nicht und hoffte, dass Nele etwas von ihr gehört hatte. Stattdessen erzählte sie ihm allerdings, dass man den Täter identifizieren konnte und Phil sie darüber informiert hatte, dass die Verhaftung schiefgegangen war. Nele wartete jetzt auf ihn in seiner Wohnung. Zwischen den beiden lief also was. Finn hatte sich so etwas in der Art schon gedacht.

»Alexander Wolf? Da bist du dir sicher?«

»Ja, warum? Kennst du ihn?«

»Mann, Nele! Das ist Jennys Ex!«

»Was? Scheiße. Der Typ, der uns vor Hannas Praxis angemacht hat? Sie hat mir nie den Namen gesagt. Wo ist Jenny? Ist sie bei dir?«

Es sah also so aus, als wäre Jennys verfluchter Ex Hannas Killer. Alexander Wolf. Mit dem sie sich von einer Brücke stürzen wollte und der ziemlich sauer auf Jenny war. Warum also nicht auch auf Hanna? Sie hatte Jenny die Sache schließlich ausgeredet. Und wenn Alexander bereit gewesen war, Hanna deshalb zu ermorden, dann schwebte Jenny in Lebensgefahr.

»Ich muss jetzt auflegen.« Finn würgte Nele ab, die noch etwas hatte sagen wollen, und versuchte sofort, Jenny anzurufen. Aber sie ging nicht ran. *Warum ging sie nicht ran? War ihr was passiert?*

Finn lief im Wohnzimmer auf und ab, nahm einen der Drumsticks und ließ ihn in der Hand kreisen. Was sollte er tun? Er könnte erstens die Polizei rufen und zu Jenny schicken. Oder zweitens Nele wieder anrufen und sie bitten, zu Jenny zu fahren. Aber was konnte sie allein schon groß gegen diesen Wolf ausrichten? Finn blieb keine andere Wahl, als drittens ernsthaft in Erwägung zu ziehen: Er musste das Haus verlassen.

Bei diesem Gedanken bekam er Beklemmungen. Er fing sofort an zu schwitzen, sein ganzer Körper juckte, und sein Herz begann, wie wild zu rasen und zu poltern. Dann entdeckte er Jennys unauffällige, bronzefarbene Brille, die im Regal neben der Couch lag. Und in diesem Moment wusste Finn ganz genau, was zu tun war. Dass die Typen, denen er damals die Kohle abgezogen hatte, immer noch Jagd auf ihn machen wollten, war zwar nicht ausgeschlossen, aber dazu mussten sie ihn erst mal finden. Und er war Hunderte von Kilometern von ihnen entfernt.

Er musste sich endlich seiner Angst vor dem Draußen stellen, denn sie existierte nur in seinem Kopf.

Und Jenny existierte wirklich.

63. Sascha

Sascha betrat den Club, behielt seine Jacke an und ging direkt zur Theke. Er bestellte ein Bier und setzte sich mit Blick zur Tanzfläche, um die Lage zu checken. Niedriger Frauenanteil. Schon mal schlecht. Immerhin sah die Barfrau heiß aus. Doch selbst wenn er bei ihr, was er bezweifelte, eine Chance gehabt hätte, hatte Sascha etwas Erfahrung mit dem Abschleppen von Gastronomie-Personal: Man musste immer warten, bis diese Menschen endlich Feierabend hatten, und das dauerte ewig. Und im Gegensatz zu einem selbst, wenn man nach einer durchgefeierten Nacht nur noch 'ne Runde poppen und dann schlafen wollte, gingen die nach Feierabend erst richtig steil und machten bis zum nächsten Tag mittags durch.

Sascha sah sich weiter um, hier musste doch irgendein süßes Häschen rumlaufen, das sich leicht abschleppen ließ. Und als sein Bick durch den Raum wanderte, sah er jemanden, der ihm bekannt vorkam. Der Kerl trat ungelenk auf wie ein Bulle und wirkte auf Droge, hatte tätowierte Unterarme und eine Glatze. Sascha musste erst eine Weile in seinem Kopf kramen, dann klingelte es: Das war der Typ, der Jenny und Nele vor Hannas Praxis angepöbelt hatte. Jennys Exfreund.

Sollte er zu ihm rübergehen und ihm sagen, dass er Jenny in Ruhe lassen sollte? Und dann? Das machte nicht wirklich Sinn, denn die Wahrscheinlichkeit, dass der Typ auf Sascha hören würde, statt auf ihn einzuprügeln, war ziemlich gering.

Sascha beobachtete, wie der Kerl sich geheimniskrämerisch mit jemandem unterhielt und sie dann gemeinsam aufs Klo verschwanden. Warum gingen zwei Männer gemeinsam aufs Klo? War Jennys Ex inzwischen ans andere Ufer geschwommen? Saschas Neugier war geweckt, und er machte sich ebenfalls auf den Weg zu den Toiletten.

Als er die Räumlichkeiten betrat, war niemand zu sehen außer einem blondierten Schönling, der sich gerade die Hände wusch. Keiner am Pissoir. Er wartete, bis der Typ mit der angeberischen Surfer-Frisur – obwohl Sascha eigentlich neidisch auf seine langen Haare war – weg war. Dann ging er in die Knie und checkte die Kabinen. Dort sah er zwei Paar Füße in einer Kabine stehen. Er ging in die danebenliegende, stellte sich so leise wie möglich auf den Klodeckel und lugte vorsichtig über die dünne Trennwand. Er sah Jennys Ex, der dem anderen Mann Geld in die Hand drückte. Und jetzt war Sascha auch nah genug dran, um das Tattoo auf seinem Arm zu erkennen. Es sollte einen Wolf darstellen, der den Mond anheult, sah aber eher aus wie ein hässlicher Hund, der versucht, einen Ball zu fangen. Sascha hatte auch immer ein Tattoo gewollt, sich aber bisher weder für ein Motiv noch für eine Stelle an seinem Körper entscheiden können.

Der andere Mann steckte das Geld ein, schob sich am Rücken seinen schwarzen Sweatshirt-Pulli hoch und griff sich hinten in die Hose. Er zog etwas aus dem Bund und überreichte es Jennys Ex.

Es war eine Knarre.

64. Finn

Er hatte Jenny immer noch nicht erreicht. Nur ihre Mailbox ging ran, die er jetzt schon fünfmal besprochen hatte.

Finn stand schon seit einer halben Stunde angezogen hinter seiner Haustür, die Klinke in der einen, Jennys Brille in der anderen Hand. Aber er traute sich nicht, die Tür zu öffnen. Er konnte nicht einmal die Türklinke runterdrücken. Wie sollte er es da schaffen hinauszugehen?

Es war ja schon ein seltsames Gefühl, nach Jahren wieder feste Schuhe und eine vernünftige Jacke zu tragen. Seit er hier wohnte, war Finn eigentlich nur in bequemen Jogginghosen rumgerannt. Die einzigen Schuhe, die seine Füße in den letzten Jahren gesehen hatten, waren Pantoffeln. Jetzt trug er eine Jacke, richtige Schuhe und sogar einen Schal. Er hatte sein Portemonnaie in der einen und seinen Autoschlüssel in der anderen Hosentasche seiner Jeans. Sein Schlüssel steckte noch auf der Tür. Theoretisch konnte er los. Aber Theorie und Praxis lagen in diesem Fall eben weit auseinander.

Ich bekomme gleich noch einen Herzinfarkt! Er schwitzte, bekam schwer Luft und fühlte einen Druck auf der Brust. Ob sein Wagen überhaupt noch fuhr? Ob sein Körper mit der vollen Ladung Tageslicht und Frischluft klarkam? *Scheiße, Mann! Reiß dich zusammen! Jenny ist in Gefahr.* Aber was, wenn sie gar nicht in Gefahr war, sondern einfach nur nicht ans Handy ging? Dafür konnte es tausend Gründe geben. Erstens war der Akku alle, zweitens hatte sie kein Netz, oder drittens hatte sie keinen Bock mehr auf ihn.

Aber was, wenn sie ihn brauchte? Er durfte jetzt keine Weichflöte sein. Finn drückte die Türklinke runter, zog den Schlüssel ab und öffnete die Tür. Kalte, klare Luft kam ihm entgegen. Und er machte vorsichtig den ersten kleinen Schritt nach draußen.

Freiheit.

65. Phil

Sie hatten eine Großfahndung nach Alexander Wolf eingeleitet. Phil war nach der Einsatzbesprechung direkt wieder nach Hause gefahren, aber nur, weil er hoffte, dass Nele noch da war. Es war immer noch stockfinster draußen, hoffentlich war sie nicht mitten in der Nacht alleine nach Hause gegangen.

Er sprintete die Stufen zu seiner Wohnung hoch, und als er sie betrat, kam Nele ihm schon aufgeregt entgegen. Sie war noch hier. Wie schön. Seine Wut darüber, den Täter noch nicht gefasst zu haben, verflog für einen kurzen Moment. Jetzt stand fest, dass Nele nichts mit dem Fall zu tun hatte. Phil wusste nicht, wie er sich bei ihr entschuldigen sollte. Welche Worte konnten das wieder in Ordnung bringen?

»Schön, dass du noch hier bist. Ich weiß nicht, wie ich es sagen soll, Nele. Es tut mir unendlich leid, dir nicht vertraut und dich so unfair behandelt zu haben. Ich mag dich wirklich sehr, sehr, sehr gerne und kann nur hoffen, dass du mir verzeihst. Denn ich will dich unbedingt weiter kennenlernen. Was soll ich sagen, gibst du mir noch eine Chance?«

Nele legte den Kopf schief und grinste. »Weiter kennenlernen klingt ziemlich gut, finde ich.«

Phil zog sie an sich heran und legte seine Arme um sie. »Ich werde mich auch ganz anständig benehmen, versprochen.«

»Aber bitte nicht zu anständig.« Nele zwinkerte ihm zu.

Er wollte sie küssen, doch sie schien noch etwas Wichtiges loswerden zu wollen.

»Ich weiß, wer Alexander Wolf ist. Er ist Jennys Exfreund. Habt ihr inzwischen eine Spur von ihm?«

»Nein, leider nicht.«

Jenny war also einmal mit dem Tatverdächtigen liiert gewesen. Damit stieg sie in der Rangliste der Verdächtigen ziemlich weit nach oben. Denn wenn ihr Ehemaliger der Täter war, war sie vielleicht seine Komplizin.

»Dann sollten wir, also ich, Jenny dazu mal befragen.«

»Ich hab eben schon versucht, sie anzurufen, aber ich konnte sie nicht erreichen.«

»Weißt du, wo sie wohnt?«

»Bei ihren Eltern zurzeit. Da ist sie nach der Trennung eingezogen. Aber keine Ahnung, wo genau das ist. Irgendwo im schicken Nordviertel.«

»Schon okay. Das lässt sich herausfinden. Ich denke, ich schicke bei Jenny besser mal eine Streife vorbei. Sicher ist sicher.«

»Der Kerl hat ihr auf jeden Fall schon öfter aufgelauert.«

Nele war so sexy. Phil hätte sie am liebsten direkt gepackt und ins Bett geschleppt.

»Gut, ich rufe sofort meine Kollegen an. Wenn du willst, können wir auch zu Jenny fahren. Aber wir könnten auch was anderes machen, wenn du Lust hast.«

»Und an was hattest du da gedacht?«

»Als ob du das nicht wüsstest. Sagen wir mal so, du darfst mit mir machen, was du willst.«

»Oh, là, là … Na, dann lass ich mir was einfallen.« Nele warf ihm lächelnd einen frechen Blick zu. »Könnte aber gefährlich werden.«

»Kein Problem. Weißt du, ich bin Polizist.«

»Soll das heißen, du bringst deine Waffe mit?«

»Ja. Und die ist gerade so was von geladen.«

Nele lachte, schmiegte sich an ihn und gab ihm einen langen Kuss mit kurzem, aber vielversprechendem Zungenspiel. »Ich warte im Bett auf dich.«

Phil erledigte schnell den Anruf, damit jemand bei Jenny nach dem Rechten schaute. Denn er befürchtete, dass bald das ganze Blut aus seinem Kopf in seine Hose gepumpt sein würde. Jenny hatte also bei Wolf gewohnt, war aber vor kurzem ausgezogen. Die Wohnung, die er heute durchsucht hatte, passte dazu. Es war noch ein Hauch von Weiblichkeit darin gewesen, von einer zarten Frau, einer Frau wie Jenny. Phil dachte an die ganzen verwelkten Blumen. Während des Telefonats erfuhr er, dass Jenny immer noch bei ihren Eltern gemeldet war. Die Kollegen versprachen, jemanden vorbeizuschicken. Phil legte auf und ging ins Schlafzimmer, wo Nele ihn bereits erwartete.

Mit Handschellen ans Bett gefesselt.

66. Jenny

Jenny war durchs Haus gewandelt und hatte dabei endlich ihr Handy gefunden. Es lag auf der Gästetoilette am Eingang. Sie konnte sich nicht erinnern, es dort abgelegt zu haben. Sie warf einen Blick aufs Display. Finn hatte mehrmals angerufen und Nele auch. Konnte Jenny sie so spät noch zurückrufen?

Draußen, vor dem Fenster im Gäste WC, ging Licht an, und Jenny zuckte zusammen. *Verdammte Bewegungsmelder!* Kurz darauf klopfte es an der Tür. Jennys Herz pochte unwillkürlich schneller. *Angst.* Wer konnte das sein? Alex? Wusste er, dass sie allein zuhause war?

Es klopfte erneut, und das ziemlich laut. Jenny musste sich die Hand vor den Mund halten, weil sie losschreien wollte. Dann hörte sie es rufen: »Hallo? Frau Weiß? Sind Sie zu Hause? Hier ist die Polizei.«

Pure Erleichterung durchströmte Jenny. Sie ging zur Haustür, vergewisserte sich aber vorher noch mal im kleinen Kämmerchen neben der Treppe, wo die Überwachungsmonitore standen, dass es wirklich die Polizei war, die vor der Tür wartete. Als sie öffnete, begrüßten sie zwei junge Polizistinnen.

»Hallo, Frau Weiß. Dietershagen mein Name, das ist meine Kollegin Wisniewski. Entschuldigen Sie die Störung, aber wir wurden gebeten, kurz nachzusehen, ob bei Ihnen alles in Ordnung ist.«

»Okay. Danke. Ja, eigentlich schon, mehr oder weniger. Darf ich fragen, warum?«

»Es geht um einen gewissen Alexander Wolf.«

Ab da hörte Jenny kaum noch etwas außer einem Tinnitus gleichen Piepen im Ohr. Die Beamtinnen überbrachten ihr eine Nachricht, die sie in einen ohnmachtsähnlichen Zustand verfallen ließ, auch wenn sie senkrecht auf beiden Beinen stehen blieb. Sie konnte dem, was die beiden Polizistinnen sagten, kaum folgen.

Es ging um Alex. Er war in die Sache mit Hanna verwickelt. Hatte er sie etwa angegriffen? Hatte er ihr die Schuld daran gegeben, dass Jenny ihn verlassen hatte? Alex lief frei herum und wurde von der Polizei gesucht. Jenny sollte sich melden, wenn etwas Merkwürdiges passierte oder er bei ihr auftauchte. Was heißt denn hier melden, hätte sie am liebsten geschrien. Ich will mit euch kommen, bringt mich in Sicherheit! Aber sie blieb stumm und nickte bloß.

Als die Polizistinnen am Ende fragten, ob wirklich alles in Ordnung war, bestätigte Jenny das mit einem gemurmelten Ja. Sascha hatte recht gehabt. Sie war genau wie diese Ziegen. Sie war in Schockstarre. Jenny schloss die Tür und blieb wie angewurzelt dahinter stehen. Klar war, sie wollte und konnte hier nicht länger bleiben.

Finns Anrufe waren noch nicht besonders lange her. Jenny rief ihn zurück, doch er ging nicht ran. Sie beschloss, sich ein Taxi zu rufen und zu ihm zu fahren. Denn bei einer Sache konnte sie sich ganz sicher sein: Finn war garantiert zu Hause. Dass er nicht ans Telefon ging, hieß vermutlich, dass er gerade duschte, Schlagzeug spielte oder tatsächlich schlief, was Jenny für am wenigsten wahrscheinlich hielt.

Auch Neles Anruf war noch nicht lange her. Jenny würde sie gleich auf der Fahrt zu Finn zurückrufen. Sie rief die Taxi-Hotline an und packte ihre Sachen zusammen.

Draußen schlug erneut der Bewegungsmelder Alarm.

67. Sascha

Der Typ, der im Club die Waffe gekauft hatte, hatte den Laden verlassen, und Sascha folgte ihm unauffällig. Jennys Exfreund besorgte sich 'ne Waffe. Warum?

Der Glatzkopf blieb an einer Ampel stehen. Sascha versuchte, auf Abstand zu bleiben, ohne ihn zu verlieren. Der Kerl blieb an einer roten Ampel stehen. Sascha wollte sich nicht neben ihn stellen, denn das hätte es unmöglich gemacht, ihn weiter zu verfolgen. Außer er wäre plötzlich ganz furchtbar langsam gegangen. Zu langsam. Zu auffällig. Einfach stehenzubleiben und so zu tun, als würde man in ein Schaufenster sehen, obwohl da kein Schaufenster war, war allerdings nicht weniger auffällig.

Der Typ drehte sich um und sah Sascha direkt ins Gesicht. Die Ampel wurde grün.

Sascha wartete eine Weile, der Muskelprotz bewegte sich einfach nicht. Dann bog er rechts ab, statt über die Ampel zu gehen, an der er gewartet hatte. Sascha folgte ihm und versuchte, eine möglichst große Distanz zu halten, denn auf den Straßen war nicht besonders viel los.

Er sah, wie der schlecht tätowierte Typ die Treppen nach unten zur U-Bahn nahm. Er huschte so flink hinunter, dass Sascha ihn aus den Augen verlor. Als Sascha unten in der Station ankam, standen sich auf den Gleisen zwei Bahnen mit offenen Türen gegenüber. Rechts oder links? Welche Fahrtrichtung sollte er wählen? Oder war der Typ vielleicht einfach geradeaus gerannt und hatte den anderen Ausgang genommen? Es gab drei Optionen, und Sascha hatte nur wenige Sekunden, um sich zu entscheiden. Rechts? Links? Geradeaus?

Der linke Zug schloss seine Türen parallel zum rechten. Sascha sprintete los und sprang gerade noch rechtzeitig in eine der Bahnen.

68. Alex

Ich sah mich noch mehrmals um, aber der große, schlaksige Typ mit der roten Kappe war weg. In der Bahn hatte ich ihn auch nicht mehr gesehen, also hatte ich es geschafft, ihn an der Haltestelle abzuhängen. Was wollte dieser Vogel von mir? Egal. Er war weg. Und jetzt war ich da, wo ich hinwollte.

Ich war lang nicht hier gewesen. Schön hier. Aber ich fand Jennys Eltern schon immer ätzend. Zu höflich, zu aufgesetzt, zu reich. Kotz. Jenny, mein süßer Engel, ich vermisste sie so. Aber sie hatte ihr Versprechen nicht gehalten, und wenn ich eins hasste, dann Lügner und Drückeberger.

Und Jenny kannte mich doch. Sie wusste das. Aber nein! Sie musste ja zu dieser Fotze gehen. Dieser Psychologin. Tja, Hanna Felder hatte für die Flausen bezahlt, die sie Jenny in den Kopf gesetzt hatte. Und das mit ihrem eigenen Leben, an dem sie ja angeblich so sehr hing. Im Gegensatz zu mir. Ich wollte hier weg. Ich hasste es hier. Jedoch wollte ich nicht alleine gehen. Jenny sollte mich als meine große Liebe auch in den Tod begleiten. Nur so war es richtig. Wie bei Romeo und Julia.

Es hätte so schön werden können, aber Jenny musste es ja verderben. Was hatte sie mir nicht alles einreden wollen von wegen, das Leben wäre doch eigentlich so schön und so weiter und so fort. Am liebsten würde ich sie jetzt anrufen und singen: Vergiss es, Kleines. Ich bin unterwegs, um dich zu holen. Und ich bin schon in deiner Straße.

Aber warum parkte da ein Taxi vor ihrem Haus? Waren ihre Eltern mal wieder auf dem Weg in den Urlaub?

Diese Familie hatte Ferienhäuser an Orten, die ich, wenn überhaupt, nur von meinem Bildschirmschoner kannte. Oder hatte Jenny sich etwa einen Wagen bestellt? Und wenn es so war, wohin wollte sie dann? Egal, sie würde mir so oder so nicht entkommen.

Ich klopfte an die Scheibe des Taxis, der Fahrer betätigte den elektrischen Fensterheber auf seiner Seite und öffnete die Scheibe zur Hälfte. »Kann ich Ihnen helfen?«

»Wen sollen Sie hier abholen, bitte?«

»Entschuldigung, aber ich glaube, das geht Sie nichts an.«

»Ich glaub, das geht mich sehr wohl was an. Aussteigen!«

Der Taxifahrer stieg sofort aus und nahm seine Hände schützend über den Kopf. Was für eine wundervolle Wirkung Schusswaffen doch hatten, vor allem, wenn man sie jemand anderem direkt ins Gesicht hielt.

»Hau ab! Und kein Wort zu den Bullen.«

Der Mann rannte los, und ich setzte mich ins Taxi. Der Fahrersitz war noch schön warm gesessen. Ich steckte die Waffe, geladen und entsichert, in die Innentasche meiner Jacke und schaltete das Radio an. Es lief ›Every Breath You Take‹ von The Police. Ich mochte die Stimme von Sting schon immer. Ein schönes Lied zum Sterben. Hoffentlich ließ Jenny mich nicht allzu lange warten.

69. Jenny

Jenny sah das Taxi schon vor der Tür stehen. Sie nahm ihre große Reisetasche, die praktischerweise Rollen hatte, und ging zur Haustür. Ihre Ersatzbrille hatte sie immer noch nicht gefunden, aber die andere musste noch irgendwo bei Finn liegen. Hatte sie sonst alles? War überall Licht aus? Hatte sie den Herd angemacht? Nein, sie hatte nicht gekocht, oder? Waren alle Fenster zu? Sollte sie besser noch mal nachsehen? Nein. Sie wollte hier weg. Und für den Fall, dass irgendetwas passierte, waren ihre Eltern gut versichert.

Jenny verließ das Haus. Sie schloss die Tür doppelt ab und ging den kleinen Weg durch den Vorgarten entlang, der zur Straße führte.

Ein Mann saß hinterm Steuer, so viel konnte Jenny ohne Brille im Dunkeln gerade noch erkennen. Ein Mann, der ihr Schritt für Schritt bekannter vorkam. Sie war nur noch wenige Meter von dem Wagen entfernt und kniff die Augen zusammen, um schärfer sehen zu können. Und dann wurde das schemenhafte Bild plötzlich ganz klar: Der Mann, der abrupt die Autotür aufstieß, ausstieg und jetzt auf sie zukam, war Alex.

Jenny ließ sofort die Tasche stehen und rannte zurück zum Haus. Doch es war zu spät. Alex kam hinter ihr hergerannt. Jenny würde es niemals schaffen, die Haustür so schnell wieder aufzuschließen. Sie musste sich im Garten verstecken. Sie rannte um die Villa herum. Alex folgte ihr.

Jenny suchte nach einem Versteck. Der Garten war groß, und es war dunkel. Es würde dauern, bis Alex sie hinter einem der Büsche oder Bäume finden würde. Aber sicherlich würde er sie früher oder später entdecken. Und was dann?

»Wo bist du denn, mein Engelchen?«, hörte sie Alex rufen. »Keine Angst, es wird nicht wehtun. Und es wird ganz schnell gehen, versprochen.«

Jenny wusste, dass er sie umbringen würde, sobald er sie fand. Da kam einem natürlich kein Versteck gut genug vor. Und wenn sie aufhörte, sich zu verstecken und Angst zu haben? Wenn sie sich eine Waffe suchte? Einen großen, schweren Ast vielleicht? Aber sie hatte nicht die Kraft, um gegen Alex zu kämpfen. Sie versteckte sich im Gebüsch zwischen zwei dicht nebeneinanderstehenden Tannen. Ihre Eltern hatten immer eine davon fällen wollen, aber sich bis heute nicht entscheiden können, welche.

»Warum hast du dein Versprechen gebrochen, Jenny? Weißt du, wie mies es war, da an dieser Brücke zu stehen und du kommst einfach nicht? Wir wollten zusammen springen, Hand in Hand! Du hast mich verraten, Kleines! Aber ich verzeih dir. Komm einfach raus, und wir bringen die Sache heute noch zu Ende. Zeig dich. Wenn nicht, dann finde ich dich.«

Jenny hielt sich die Hand vor den Mund. Er durfte sie nicht finden. Sie musste mucksmäuschenstill sein. Und das war sie. Sie hörte kaum ihren eigenen Atem, und das Rascheln der Tannennadeln wirkte übermächtig laut. Sie hörte stapfende Schritte und hielt die Luft an. Plötzlich schnellte ihr eine kräftige Männerhand entgegen, packte sie an den Haaren und riss sie daran aus dem Dickicht. Jenny schrie auf, und Tränen schossen ihr unweigerlich in die Augen. Es war vorbei, sie hatte keine Chance mehr.

Er schubste sie vor sich auf den Boden. »Was soll das, Kleines?«

Alex wollte etwas aus der Innentasche seiner Jacke holen, als plötzlich ein Schatten hinter ihm auftauchte. Er sah sie an und bemerkte, dass Jenny an ihm vorbei sah. Kurz hielt er inne, dann wirbelte er blitzschnell herum. Alex hatte keine Ahnung, wer da wie aus dem Nichts hinter ihm auftauchte. Jenny war aber auch ohne ihre Brille klar, mit wessen unverwechselbarer Gestalt sie es zu tun hatte.

70. Sascha

Sascha hatte sich für die linke Bahn entschieden und damit wohl die richtige gewählt. Der Glatzkopf war auch drin gewesen, hatte ihn aber nicht bemerkt. Und Sascha hatte ihn, unauffällig wie ein Detektiv, bis hierher verfolgt.

Er hatte sich nicht abwimmeln lassen und fand sich plötzlich in einer sehr hochkarätigen Gegend wieder.

Erst dachte Sascha, der Typ hätte vor, 'nen Einbruch zu starten. Aber nein. Der Kerl war ein Psychofreak! Er hatte einen Taxifahrer mit seiner Waffe in die Flucht geschlagen und sich dann selbst ins Taxi gesetzt. Er war aber nicht mit dem Wagen abgehauen, sondern hatte gewartet. Und als Sascha sah, wer dann aus dem Haus trat und was der Penner jetzt tat, fackelte er nicht lange.

Er schlich sich an ihn ran. Jennys Ex drehte sich um, Sascha holte weit aus und verpasste ihm einen Faustschlag genau auf seine breite Nase. Jenny hatte in keinem Moment der Schockstarre-Ziege mehr geglichen als jetzt. Der Typ taumelte zurück, fing sich für Saschas Geschmack aber viel zu schnell und fummelte an seiner Jacke herum. Sascha checkte sofort, was er vorhatte. Er musste schneller sein.

Sascha rannte mit Vollgas auf ihn zu und haute ihn mit seinem kompletten Körper um. Aber Jennys Psycho-Ex hatte es trotzdem geschafft, die Waffe aus seiner Jacke zu fingern.

Sascha und er lagen auf dem Boden, wälzten sich und rangen um die Waffe. Er hörte Jenny ihre Namen schreien. Der Typ hieß also Alex. Er spürte, wie die

Knarre den Händen des Psychos entglitt, er merkte aber auch, dass er sie selbst nicht halten konnte.

Sie fiel neben ihnen auf den Boden.

Sascha hatte keine Zeit zum Nachdenken. Wenn dieser Alex in den nächsten Sekunden an die Waffe kommen würde, würden Jenny und er diese Nacht nicht überleben.

71. Hanna

Hilflos zusehen zu müssen, wie die beiden mit meinem Mörder kämpften, machte mich fertig. Ich versuchte einzugreifen, sprang aber nur wie ein Geist durch sie hindurch. Mir blieb keine andere Wahl, als zuzusehen und zu hoffen, dass Alex diesen Kampf nicht gewann.

Sascha rappelte sich auf, doch mindestens so schnell tat es sein Gegenüber auch. Die Waffe lag zu Sascha, Jenny und Alexander in fast exakt gleicher Entfernung. Und plötzlich geschah alles wie in Zeitlupe. Sascha sah Jenny an, Jenny sah zu Alex, Alex stürzte nach vorne Richtung Pistole genau wie Sascha, der zeitgleich lossprang. Jenny schaffte es zum ersten Mal, ihre Schockstarre zu überwinden, und warf sich mit ausgestreckten Armen den beiden Männern entgegen, wie bei einem Hechtbagger.

Einer von ihnen bekam die Waffe zu fassen. Und kurz darauf fiel ein Schuss.

Ein tödlicher Schuss.

72. Finn

Fuck!

Erstens Fuck! Zweitens Fuck! Drittens Fuck! Fuck!

Was war hier passiert? Da war Finn nach einer Odyssee, die er seinem schlimmsten Feind nicht wünschen würde, endlich bei Jenny angekommen, und was erwartete ihn? Erstens Sirenen, Blaulicht und ein Krankenwagen, der die Sicht aufs Haus versperrte. Zweitens zwei Polizeiautos. Und drittens – das Schlimmste – ein Leichenwagen. Fuck.

Finns Reise zu Jenny wäre für andere Leute eine normale Fahrt gewesen, für Finn war sie ein Horrortrip. Sie begann damit, dass Finn sich in seine Garage trauen und in das Auto steigen musste, mit dem er damals die letzte Fahrt gemacht hatte. Mit diesem Wagen hatte er das Geld eigentlich zu seinem Boss bringen sollen. Stattdessen hatte er sich abgesetzt, und seitdem versteckte er den Wagen in der Garage. Finn hätte ihn verkaufen können. Aber er hatte viel zu viel Angst davor gehabt, gefunden zu werden.

Doch das war früher gewesen. Das war sein altes Ich. Das war, bevor er Jenny kennengelernt hatte. Das Auto war längst nicht mehr angemeldet, hatte keinen TÜV und war auch nicht versichert. Aber das alles war noch egal. Das Problem war, dass die Karre gar nicht erst ansprang. Finn hatte schon fast aufgegeben, als sie es dann doch noch tat. Allerdings würgte er den Wagen, als er losfuhr, sofort wieder ab.

Nach gut fünf Jahren aus der Übung, fühlte Finn sich wie ein Fahranfänger. Er hatte es im Grunde vom Fahren her dann zwar recht schnell wieder raus, aber die Verkehrsregeln waren ihm nicht mehr besonders präsent. Rechts vor links, Ampeln und der ganze Kram, klar, klappte problemlos. Aber wo kamen auf einmal diese ganzen Kreisverkehre her?

Finn hatte gezittert, geschwitzt und geflucht. Trotzdem hatte er es durchgezogen. Es ging um Jenny, und er hatte sich geschworen, sie zu hüten wie einen Schatz.

Und jetzt, da er es endlich geschafft hatte, bei Jenny anzukommen, war es erstens zu spät, zweitens zu spät und drittens stand hier ein Leichenwagen. Fuck.

73. Nele

Nele und Phil fuhren sofort zu Jennys Elternhaus, nachdem seine Kollegen ihn alarmiert hatten.

Dort erzählte Sascha ihnen die Geschichte jetzt schon zum zweiten oder dritten Mal. Er trug immer dicker auf und betonte alles mit extra großen Gesten. So war Sascha halt, und irgendwie mochte Nele ihn genau deswegen.

»Ich schwör's euch! Die Waffe lag auf dem Boden. Wir alle drei haben hingesehen, sind alle hingesprungen, sogar Jenny!«

Jenny nickte bestätigend.

Nele konnte sich nicht vorstellen, dass Jenny etwas mit einer Waffe in der Hand anrichten konnte. Oder doch? War Jenny in der Lage, auf jemanden zu schießen, wenn sie die Chance dazu bekam? Vielleicht ja, wenn es sich um ihren gefährlichen Exfreund handelte, vor dem sie sich fürchtete. Aber wäre das dann eine Form von Notwehr? Das alles würde sie später mit Phil bereden, der recht skeptisch dreinblickte, während Sascha ausschmückend weitererzählte: »Aber wir waren nicht schnell genug und der Irre hat die Knarre bekommen! Dieser Alex!«

Es war schon unglaublich, dass Sascha Jennys Ex mehr oder weniger zufällig verfolgt und damit Jenny das Leben gerettet hatte.

»Er hatte die Waffe in der Hand. Zielte auf mich, zielte auf Jenny, dann wieder auf mich. Ich dachte, scheiße Alter, jetzt ist es aus. Und dann! Dann guckt der uns voll komisch an, echt, der hatte 'nen ultrairren Killer-Blick drauf! Megakrass! Und dann, einfach so, dreht der Kerl auf einmal seine Hand, richtet die Knarre auf sich selbst und schießt! Sein halbes Hirn ist rausgeflogen. Voll irre! Der Typ hat sofort abgedrückt, ohne zu zögern! Hat sich einfach so den Schädel weggeballert.«

Auch wenn die Geschichte, die Sascha ihnen gerade auftischte, etwas seltsam klang, war sie trotzdem plausibel. Jenny bestätigte jedes Wort und erwähnte außerdem, dass ihr Exfreund sowieso vorgehabt hatte, sich das Leben zu nehmen. Er schoss sich selbst in den Kopf, nachdem er Jenny bedroht hatte und Sascha ihr zu Hilfe geeilt war. Das zumindest hatten sie der Polizei erzählt.

Und Phil glaubte ihnen kein Wort.

Er musste es nicht sagen, Nele sah es ihm an. Phil stand zwischen ihr, Jenny und Sascha auf dem Bürgersteig neben dem Krankenwagen und redete irgendetwas von Schmauchspuren. Nele war abgelenkt, weil sie glaubte, den Fahrer eines Wagens zu erkennen, der gerade einige Meter vor dem Haus gehalten hatte. Das war nahezu unmöglich.

»Ist das Finn?«

74. Finn

Finn konnte sich nicht mehr daran erinnern, wann er zum letzten Mal geweint hatte. Er hatte ewig nicht geheult, aber jetzt liefen ihm gefühlt literweise Tränen übers Gesicht und Rotz und Wasser quoll aus seiner geschwollenen Nase. Er umklammerte Jennys Brille so fest, dass sie knackende Geräusche von sich gab. Er wischte sich die Tränen aus dem Gesicht und sah verschwommen, wie jemand auf seinen Wagen zugerannt kam.

Es war Jenny! Sie lebte!

Finn sprang sofort aus dem Auto und sprintete ihr entgegen. Er umschloss sie fest mit beiden Armen und hob sie in die Luft, wobei sie sich ganz fest an ihn klammerte.

»Was ist passiert? Ich dachte schon … Ich dachte, du wärst tot!«

»Nein, bin ich nicht. Dank Sascha.«

»Sascha?« Was hatte der Vogel jetzt damit zu tun? »Aber wer liegt denn in dem Leichenwagen?«

»Alex. Sascha hat mich vor ihm gerettet.«

Und sosehr er wollte, wusste Finn, dass er Sascha ab heute nie wieder etwas würde übelnehmen können.

»Du hast das Haus verlassen! Wahnsinn!«

»Ja, für dich.« Für dich würde ich alles tun, dachte er.

75. Phil

Phil wusste nicht, ob Sascha oder Jenny auf Alexander Wolf geschossen hatte, aber er war sich relativ sicher, dass Wolf keinen Suizid begangen hatte. Sascha hatte das Verlangen, den Mord an seiner Mutter zu rächen. Jenny hatte tierische Angst vor ihrem Ex gehabt und fühlte sich jetzt bestimmt sicherer. Beide hatten also ein gutes Motiv, und trotzdem würde man der Sache wahrscheinlich nicht nachgehen.

Natürlich hätte Phil darauf bestehen können, den Fall mit oberster Priorität in die Rechtsmedizin und Kriminaltechnik, vor allem zu den Kollegen von der Ballistik, zu geben. Dort würden die Waffenexperten die Tatwaffe checken, die Flugbahn der Patrone berechnen und klären, wer wirklich geschossen hatte. Aber Phil hatte nicht das Bedürfnis, Jenny oder Sascha hinter Gittern zu sehen. Also würde er dahingehend keinen großen Druck machen.

Ihm fiel auf, dass Sascha ihn so erwartungsvoll ansah, als warte er darauf, von Phil gelobt zu werden. Diesen Blick kannte er sehr gut von seinem Kollegen Steffen. Phil räusperte sich: »Jedenfalls habt ihr es tatsächlich geschafft, Hannas Angreifer zu finden. Aber jetzt ist er tot. Sogar noch bevor sie es ist.«

»Lebendig ist sie aber auch nicht. Wenn die Geräte abgestellt werden, dann ist Hanna tot. Und das ist alles Alex' Schuld. Also war es trotzdem Mord. Oder nicht?«

Phil ließ Saschas Frage im Raum stehen. Alexander Wolf hatte Hanna nachweislich mit dem Golfschläger ins Koma geprügelt. Außerdem konnte man ihm auch den

Einbruch bei Bernhard von Kampen nachweisen, da Phils Kollegen einige der gestohlenen Gegenstände in Wolfs Wohnung sichergestellt hatten. Er hatte seiner Ex Freundin aufgelauert und sie mit einer Waffe bedroht. Wenn also in diesem Fall nicht hundertprozentig klar war, wer geschossen hatte, würde wohl jeder Richter geneigt sein, die Sache als »Mörder beging Suizid« zu den Akten zu legen. Der Fall Hanna Felder war damit aufgeklärt. Es gab einen Verbrecher weniger auf der Welt, und Phil war zufrieden.

Besonders, da die Umstände dazu geführt hatten, dass er Nele kennengelernt hatte. Er hatte noch nie das Gefühl gehabt, dass jemand so tief in sein Innerstes geschaut hatte und ihn trotzdem – oder gerade deswegen – so sehr mochte, wie sie es tat. Phil hatte noch nie jemanden so schnell, so nah an sich heran gelassen. Und er würde es nicht bereuen, da war er sich sicher. Denn so wie Nele ihn ansah, empfand sie das Gleiche für ihn.

Er legte seinen Arm zärtlich um ihre Hüften. Sie lehnte den Kopf zurück und lächelte ihn an. Phil konnte nicht anders, er musste sie küssen, auch wenn seine Kollegen das morgen bestimmt nicht unkommentiert lassen würden.

Obwohl es genau genommen schon morgen war. Denn gerade als er Nele küsste, ging die Sonne auf.

27 Tage später …

76. Nele

Heute wurden die lebenserhaltenden Maßnahmen eingestellt. Ohne die Geräte würde Hannas Körper laut Arzt nur noch wenige Minuten überleben. Sascha war jeden Tag bei ihr gewesen. Genau wie jetzt auch. Sie waren alle hier und versammelten sich um Hannas Bett. Sonst war niemand gekommen. Weder Hannas Familie noch Freunde, was seltsam war. Sie würden ihren Tod auf der Beerdigung betrauern. Aber Sascha, Jenny, Finn, Phil und Nele machten es jetzt, in dem Moment, in dem Hanna sie verließ.

Sascha saß nah an ihrem Kopf, streichelte immer wieder darüber, und Tränen liefen unkontrollierbar seine Wangen hinunter. Er berührte seine Augen so ungläubig, als würde aus ihnen zum ersten Mal in seinem Leben Flüssigkeit rinnen. Ihm war es eindeutig total peinlich, vor anderen zu weinen, aber jeder von ihnen konnte es verstehen. Außerdem heulte Jenny auch ganz ungeniert Rotz und Wasser.

Doch eigentlich waren sie alle gut gestimmt. Selbst Sascha, da Phil ihm einen Job besorgt hatte. Sascha hatte bei einem Detektiv angeheuert. »Mein Traumberuf!«, wie er immer wieder beteuerte. Und seinen ersten Fall hatte er auch schon aufgenommen, nämlich die Suche nach seinem leiblichen Vater. Außerdem hatte er ein Mädchen kennengelernt.

Nele und Phil hatten sich vorgenommen, ein Auge auf Sascha zu haben, denn seine Großeltern hatten, wie sich herausgestellt hatte, kein Interesse daran. Sascha hatte Hannas Eltern aufgesucht, sie wollten ihn aber nicht näher kennenlernen und hatten ihm sogar Geld geboten, damit er wieder ging. Das tat Nele sehr leid, doch Sascha hatte es gut verkraftet. Und mit ihr, Phil, Jenny und Finn hatte Sascha jetzt auch eine Art Familie. Eine recht außergewöhnliche und durchgeknallte, zugegeben, aber damit eben auch eine Familie, die hervorragend zu ihm passte.

Auch Nele hatte ihren neuen Job angefangen und bisher noch keinen Kollegen sexuell im Schlaf belästigt. Finn und Jenny sahen beide sehr ausgeschlafen aus, und Nele hatte das Gefühl, dass beide etwas an Gewicht zugelegt hatten. Wie sie selbst und Phil auch, so war es eben, wenn man verliebt war. Und vor allem, wenn man sich gemeinschaftlich vornahm, aufzuhören zu rauchen. Was sie und Phil getan hatten. Bisher hielten sie auch gut durch, nur die Zigarette nach dem Sex konnten sie sich einfach nicht verkneifen. Jenny und Finn hatten aber kein Laster ablegen müssen und trotzdem zugenommen. Liebe ging eben im wahrsten Sinne durch den Magen. Und Jenny schadeten die paar Kilo mehr nicht, genauso wenig wie Finn. Nele wollte ihre überschüssigen Pfunde loswerden, auch wenn Phil immer wieder beteuerte, dass er sie so total heiß fand. Und Nele wusste auch schon wie. Nämlich mit dem besten Sport der Welt: Sex. Das machte vor allem mit Phil absolut Sinn, da er im Bett einfach der Hammer war.

Und Finn und Jenny hatten Nele ein wirklich attraktives Angebot gemacht. Sie fragte sich nur, woher die beiden eigentlich so viel Kohle hatten.

77. Hanna

Die Ermittlungen wurden eingestellt. Jennys Exfreund Alexander Wolf wurde zum Täter erklärt, und sein Tod wurde als Selbstmord deklariert. Ich wusste, dass das nicht stimmte. Doch dieses Wissen würde ich mit ins Grab nehmen. Wer in Wahrheit auf Alexander Wolf geschossen hatte, würde vermutlich für immer Jennys und Saschas Geheimnis bleiben.

Und so verhielt es sich mit den Ermittlungen genauso wie mit meinen lebenserhaltenden Maßnahmen: Sie wurden beendet, und das war am besten für alle Beteiligten. Makaber, aber wahr.

Heute war mein letzter Tag. Nele, Phil, Jenny, Sascha, sie waren alle gekommen – sogar Finn!

Ich fand es schön zu sehen, dass Sascha endlich eine Familie hatte und nicht mehr einsam war. Er hatte mich fast jeden Tag besucht, an meinem Bett gesessen und mit mir geredet, mir Fragen gestellt und mir von den ganzen Heimen und Pflegefamilien erzählt, die ihm nie wirklich vorgekommen waren wie ein Zuhause. Und dass sich jetzt alles für ihn geändert hatte.

Er hatte Nele und Phil, die auf ihn aufpassten. Er hatte in Jenny eine richtig gute Freundin und Verbündete, mit der er alles teilen konnte, sogar Geheimnisse. Und selbst Finn mochte Sascha, seit er Jenny das Leben gerettet hatte, richtig gerne. Allein, weil er ihm so dankbar war. Und dazu würde Sascha sich bald über ein ordentliches Erbe von mir freuen können.

Jenny war zu Finn gezogen, der jetzt sogar regelmäßig das Haus verließ. Sie und Finn konnten zusammen oft die ganze Nacht durchschlafen. Auch Nele und Phil wurden kaum noch von ihren Schlafwandelphasen gequält. Wenn Phil nachts aufstand, zog Nele ihn wieder ins Bett. Sollte Neles schlafwandelndes Ich Sex wollen, würde Phil diesen Wunsch allzu gerne erfüllen. So hatten sie es vereinbart. Aber bisher war das noch nicht vorgekommen.

Keine Therapie der Welt konnte das, was der Hormoncocktail namens Liebe konnte.

Zudem hatten Jenny und Finn Nele angeboten, sie bei ihrem Traum finanziell zu unterstützen, eine eigene Boutique zu eröffnen. Nele zögerte noch, das Angebot anzunehmen, da die beiden das Geld nicht wiederhaben wollten. Doch falls Nele erfahren sollte, wie viel Geld die zwei besaßen, würde sie wahrscheinlich direkt zuschlagen. Was zu hoffen war, denn Jenny und Finn konnten nicht viel mit ihren Millionen anfangen.

Es war Zeit, sich zu verabschieden. Der Arzt schaltete die Geräte aus. Und in meinem letzten Moment erkannte ich, dass meine Patienten den Sinn des Lebens verstanden hatten. Denn sie überlebten. Und noch viel wichtiger war: Sie genossen es.